죽음의 바다

Grave of the sea

이창준 지음

청어

죽음의 바다

Grave of the sea

이창준 지음

| 작가의 말 |

"인류의 가장 오래되고 강력한 감정은 공포다. 그리고 가장 오래되고 강력한 공포는 미지에 대한 공포다."

이 구절은 자신만의 세계를 창조한 H. P 러브크래프트가 했던 말입니다. 인간이 극도의 공포를 느끼는 가장 큰 순간은 이해할 수 없는 미지의 대상을 마주했을 때라는 것이지요.

잠수해서 들어간다면 시야가 전부 검은 어둠으로 잠기는 블루홀은 그런 미지의 장소 중의 하나입니다. 끝을 눈으로 확인할 수도 없는 미지의 심연에 사람들은 계속해서 들어가려고 합니다. 빛은 물의 깊이가 더해갈수록 꺼져가고, 물고기조차 가까이 오지 않는 검은 구멍을 사람만이 엿보려고 하는 것이지요. 그리고 대자연의 힘을 이기지 못하고 바닥으로 떨어져 간 이들만이 쓸쓸하게 심연의 맨 밑을 지키고 있습니다.

다합 바다의 절벽에는 이들을 추모하는 비석이 다닥

다닥 붙어 있으며, 절벽의 한 가운데에는 "Enjoy your dive forever(영원히 다이빙을 즐겨라)."라는 글귀가 있어 이곳에 방문하는 이들은 목숨을 걸어야 함을 알려주고 있습니다. 블루홀의 하강조류는 지금까지 백여 명의 목숨을 앗아갔고, 죽은 이들 중에 한 명을 제외하고 모두 100미터까지 잠수할 수 있는 텍다이빙 자격증이 있다고 합니다.

이렇듯 블루홀은 주둥이를 벌리고 미지를 탐험하려는 이들을 수도 없이 집어삼켰고, 소설 속 주인공들도 예외가 아닙니다. 어디서 뭐가 튀어나올 것 같은 칠흑 같은 물속에서 산소가 떨어져 숨통이 막히고, 환각에 허우적거리며, 하강조류에 속수무책으로 끌려 다닙니다. 반복되는 환각 속에서 서서히 몸도 마음도 블루홀의 심연의 어둠에 삼켜지는 것입니다. 사랑하는 사람을 떠나보낸 이들은 끝없는 구멍에 들어가야 한다는 공포와 시체라도 찾고 싶다는 마음 사이에서 갈등합니다.

그 깊은 심연에서 벗어난 줄 알았지만, 블루홀은 여전히 이들을 놓아주지 않고 미지의 심연으로 끌어들이고 있는 것입니다.

책을 읽는 독자들도 어느새 어두운 구멍에 삼켜져 헤매고 있을 것입니다.

| 차례 |

—

*

야근 때문에 자정에 가까운 시간에 일이 끝나면, 잠시 동안 카페에 들러 그와 함께 쉬어가곤 했다.

앨리는 늦게까지 카페에서 이야기하는 것을 좋아했다.

딜런과 주고받는 이야기는 시시콜콜한 별것 아닌 말이었지만, 그는 항상 그녀의 이야기에 귀를 기울여주었고, 카페인이 들어가서 느껴지는 약간의 긴장의 풀림과 밤늦도록 시끄러운 카페의 분위기가 좋았다.

그들은 항상 새벽 2시가 다 되어서야 일어서곤 했고, 딜런은 그의 차로 앨리를 집 앞까지 바래다주었다.

딜런과 앨리는 몇 달 후 가능에 결혼식을 올릴 예정이었으며, 앨리는 그 후에도 퇴근을 하면 같이 카페에서 시간을 보내길 기대하고 있었다.

같은 잠자리에 누워 다음날이 오기를 기다리는 것을 상상하는 것은 항상 설렘으로 가득했다. 시간이 지나면 서로에게 질려 같은 공간에 누워 있지도 않는 것이 아닐까 하는 걱정도 들었지만, 여전히 기대되는 일 중의 하나였다.

딜런으로부터 잠시 후에 도착한다는 문자가 왔고, 앨리는 그가 오기 전에 카페 안에 들어가 주문을 해야겠다는 생각을 했다.

카페는 불이 전부 꺼진 거리에 홀로 붉은색 간판으로 빛나고 있었고, 앨리는 어두운 거리에 으스스함을 느끼며 발길을 재촉해서 카페 안으로 들어갔다.

그녀는 흡연실과 최대한 멀리 떨어진 갈색 의자에 앉았고, 딜런이 오면 앉을 수 있도록 자신의 바로 오른편에 갈색 의자를 끌어다 놓았다.

마주보고 앉지 않고, 서로의 옆에 앉는 것이 둘의 특이한 습관 중의 하나였다.

앨리는 한참 동안 카페의 출입문을 쳐다보다가, 의자에서 일어나 카운터로 걸어갔다.

카운터로 걸어가던 그녀는 시계를 바라보았고, 열대어들이 그려진 카페의 시계는 11시를 막 가리키고 있었다.

그녀는 초콜릿이 들어간 커피와 딜런의 몫으로는 아무것도 들어가지 않은 커피를 주문했다.

뒤에서 코트를 입은 젊은 커플이 서로 장난을 치면서 메뉴를 고르고 있었고, 앨리는 그들에게 눈길을 주지 않고 빠르게 지나쳐 자리로 돌아왔다.

그녀가 자리로 돌아왔을 때, 갈색 의자 두 개가 나란히 놓인 탁자 위에는 편지봉투가 하나 놓여 있었다.

편지봉투는 시중에서 파는 종류의 편지봉투가 아니었다. 연갈색의 오래된 느낌이 드는 편지봉투는 닫혀 있었지만, 밀봉이 되지 않은 상태였고, 봉투를 들자 카페 불빛에 종이가 비쳐 보였다.

누군가 두고 갔다고 생각되는 편지봉투는 그녀가 발견하길 바라는 듯이 탁자 위에 놓여 있었고, 앨리는 다른 사람의 물건을 괜히 건드리고 싶지 않았다.

자신이 커피를 주문하러 갔을 때, 다른 이가 자리에 앉아 소지품을 놓고 갔을 것이라는 생각이 들었다.

그녀는 주위를 둘러보았다.

아까 자신의 뒤에 서 있던 커플이 그녀의 바로 옆에 있는 소파에 앉아 있었고, 그녀와 얼마 떨어지지 않은 창가 쪽 자리에는 모자를 눌러 쓴 중년의 남자가 신문을 펴고 있었다.

그리고 저 멀리 보이는 흡연실에서는 염색을 한 젊은 여자 둘이 막 라이터를 켜던 참이었다.

밤이었기 때문에 카페 바깥에 있는 자리에는 아무도 앉아 있지 않았고, 바로 앞 도로 위에서 차 몇 대가 지나다니고 있었다.

그녀는 아무도 편지를 쥐고 있는 자신을 쳐다보고 있지 않다는 것을 알고 카운터에라도 맡겨 놓자는 심정으로 편지를 들고 자리에서 일어섰다.

앨리가 자리에서 일어난 순간 그녀의 손에 들려진 편지봉투에서 '펄럭' 소리가 나면서 편지지가 빠져나왔다.

그리고 그녀는 의도하지 않게 편지의 내용을 보게 되었다.

편지라고 할 것도 없이 빠져나온 종이에는 날짜와 시간이 인쇄되어 있었다.

2019. 9. 3. 13:41:23 35

앞에 적힌 숫자들은 날짜와 시간일 테지만, 뒤에 적힌 숫자는 영문을 알 수 없는 숫자였다.

날짜는 2주 전이었고, 그것 외에는 종이 뒤에도 아무 것도 적혀 있지 않았다.

앨리는 고개를 갸우뚱하며 바닥에 떨어진 종이를 집어서 다시 편지봉투에 넣었다. 커피를 받아올 때, 검은 앞치마를 한 금발 여직원에게 분실물이라면서 건네야겠다고 생각했다.

앨리는 대수롭지 않게 편지를 탁자에 두었고, 익숙한 차가 카페 건물로 다가오는 것이 보였다.

딜런은 손을 올려 그녀에게 인사를 건네며 카페로 들어왔고, 앨리는 웃으면서 그를 바라보았다.

창가 쪽에 앉았던 중년 남자는 신문을 대충 접어 탁자에 둔 후에, 딜런이 카페에 들어올 때쯤 카페에서 나가 버렸다.

딜런은 빠른 걸음으로 카페에 들어왔고 의자를 당겨서 그녀의 곁에 바싹 붙어 앉았다.

앨리는 밝지 않은 그의 표정을 보고 있었다.

"자기껀 아무것도 안 들은 걸로 시켰어."

"…고마워 앨리."

그는 낮은 중저음으로 그녀의 이름을 부르며 앨리를 팔로 감싸 안았고, 그들에게는 일상과도 같은 일이었지만 분위기는 착 가라앉아 있었다.

앨리는 그의 가슴에 기대어 고개를 숙였고, 그의 배가 보였다.

처음 만났을 때와 달리 뱃살이 늘어서 와이셔츠 밑이 조금 불룩해졌지만, 그는 여전히 상당히 좋은 비율을 가지고 있었다.

그가 입고 다니는 양복도 그의 덥수룩한 수염과 잘 어울려서 그의 생일에 한 번씩 선물하는 보람이 느껴졌다.

오늘도 그는 늦은 퇴근 시간 이후에, 2주 전 스쿠버다이빙을 하다가 실종된 동생 제나가 묻힌 곳에 다녀온 것이었다.

앨리는 그가 약속에 늦은 것이 원망스러운 것이 아니었다. 동생을 잊지 못하고 전의 모습으로 돌아가지 못할까 봐 겁이 났다.

제나의 죽음은 물결같이 밀고 들어와 이제는 두 사람의 관계에도 영향을 미치고 있었다.

2주가 지난 지금도 그는 아직까지도 동생의 죽음에서 헤어나지 못하고 있었다.

딜런의 푸른색 눈동자에 슬픔의 빛이 맴돌았고, 그녀는 그에게 기대서 아무런 말을 하지 않고 그가 입은 남색 조끼를 쳐다보며 한참을 있었다.

잠시 후, 커피 두 잔이 나왔다는 소리가 들렸고, 앨리는 편지봉투를 카운터에 가져가 주려고 했지만 어디로 사라졌는지 더 이상 보이지 않았다.

딜런은 앨리가 가져온 커피를 한 모금 마시더니 더 이상 커피를 입에 대지 않았다.

앨리는 커피가 담긴 머그잔 안을 보았고, 커피 안에서도 2주 전 그날처럼 기포가 올라오고 있는 것 같았다.

"내가 옆에 있어 줬어야 했어."

"⋯딜런."

"내 잘못이 아니라는 말을 듣고 싶은 게 아냐, 그냥⋯ 내 자신이 무기력한 느낌만 들어."

앨리는 더 이상 아무런 말을 하지 않고 그의 손을 '꼬옥' 잡았다.

*

이집트의 '다합 블루홀'에서 제나가 실종된 후 7일째가 되던 날, 딜런과 앨리 그리고 여행을 오기 바로 전에 제나의 남편이 된 알버트는 귀국하여 그녀의 부모님과 장례를 치렀다.

제나의 시체조차 찾을 수 없었기 때문에 빈 관으로 그녀를 보내는 장례식에서, 딜런은 관이 땅에 묻히기 전까지 텅 빈 관을 잡고 일어나지 않았다.

검은 양복을 입은 목사가 마지막으로 그녀를 보내는 말을 했고, 하늘은 금방이라도 물방울이 떨어질 듯이 흐렸다.

"고인은 도전을 좋아하는 사람이었습니다… 벼랑도 고인의 의지를 꺾지 못했고, 깊은 물속도 그랬습니다. 결혼한 지 얼마 되지 않아서… 하루 피었다가 지는 꽃처럼 남편을 두고 생을 마감했지만은 그녀의 시신은 바다에 남아 자유롭게 여행을 이어갈 것이며, 우리의 마음 안에 남아, 여기에 있는 모든 이들이 생을 마칠 때까지 함께 할 것입니다…"

'투둑 툭'

그녀의 빈 관 위에 흙이 떨어지기 시작했을 때, 하늘에서도 빗줄기가 쏟아지기 시작했다. 비가 온다는 예보가 있는 날도 아니었고, 대부분의 하객들은 우산을 가지고 오지 않았기 때문에 하나둘씩 젖어가기 시작했다.

그 깊은 심연 속에서 나왔음에도 불구하고 아직까지 끝이 보이지 않는 물속의 검은 구멍을 보며 바다 속에 떠 있는 기분이 들었다.

앨리와 딜런, 알버트까지 그날에서 아직까지 산소통을 매고 웨이트를 단 채로 그날에서 벗어나지 못하고 있는 것 같았다.

비는 흙으로 덮여가는 하얀 관을 두드렸고 제나의 부모님과 그녀의 배우자 그리고 딜런과 하객들을 적셨다.

앨리는 빗줄기를 쏟아 붓고 있는 하늘을 쳐다보았고,

굵은 빗줄기가 그녀의 얼굴을 내리쳤지만 제나의 관이 전부 흙으로 덮일 때까지 하늘에서 눈을 떼지 않았다.

식이 끝나고 모두들 아무 일도 없던 것처럼 발걸음을 떼기 시작하고 나서야 제나의 죽음이 실감나기 시작했다.

제나의 이름이 쓰여 있는 묘비 옆에 무릎을 꿇고 앉아 있는 딜런의 어깨에 손을 올렸고, 잠시 후에 딜런은 힘없이 일어섰다.

딜런과 앨리는 아직도 의자에 앉아 흐느끼며 갈 생각을 하지 않는 알버트를 뒤로하고 수많은 사람들이 묻힌 공원을 걸어 나갔다.

딜런의 친구 몇이 와서 우산을 건네주려 했지만, 그의 얼굴을 보고 고개를 숙이고 지나가버렸다.

평소에 차 시트가 더러워진다고 불평을 하던 그는 옷에 진흙이 달라붙어 있음에도 불구하고 차 문을 열고 망설임 없이 운전석에 앉았다.

앨리도 조수석에 타서 벨트를 매었고 알람을 해둔 시계가 눈치 없이 정적을 깼기 때문에 곤란해 하며 얼른 시계의 알람을 껐다.

그는 운전대를 잡고 고개를 숙이고 한참을 그렇게 있었다. 앨리는 운전대를 잡고 있는 그의 손 위에 자신의 손을 올렸다. 그의 손은 차가웠고 그날따라 핏줄이 부각되어 창백한 느낌이 들었다.

"내가… 따라가야… 했어… 내가…."

비가 차의 지붕을 두드리는 소리가 차내에 퍼졌고, 차의 앞 유리창에 빗줄기가 흘러내렸다.

구름의 틈으로 미약한 햇빛이 흘러 들어왔고, 흘러내리는 물방울의 그림자가 그들의 위에 새겨졌다.

앨리의 머리칼은 젖어서 이마에 달라붙었고 양말도 축축했지만, 딜런이 차에 시동을 건 것은 기침을 하는 그녀의 모습을 본 이후였다.

앨리는 제나와 궁합이 잘 맞는다고 생각하기 보다는 성격이나 기호조차도 잘 맞지 않는다는 느낌을 가지고 있었다.

처음 만났을 때부터 항상 둘은 미묘하게 빗겨나갔고 서로의 성향을 어느 정도 알고 나서는 둘 다 의도적으로 거리를 두었다.

그렇다고 해서 일부러 서로에 대해서 좋지 않게 말하거나 싫어하는 티를 내는 것은 아니었다.

그저 딜런으로 인해 이어진 인연을 5년 동안이나 무시한 것이었다.

앨리는 제나의 죽음에 그리 슬픈 감정은 들지 않았지만, 자신이 가지고 있는 기억 중에 아주 작은 부분이 사라진 느낌이 들었다.

나중에 나이를 먹고 자신이 아는 사람이 하나둘씩 없어지면 자기가 가진 기억이 없어지는 것과 다름없을 것이라는 생각이 들었다.

철학자이자 정신분석학자인 자크 라캉은 말한다.

개인의 자아는 다른 사람과의 관계를 바탕으로 정립된다고 말이다.

앨리는 비가 오는 창밖의 도로를 쳐다보며 생각했다.

지금까지 만난 사람들의 기억으로 구성된 자신은 주변인들이 없어져 갈수록, 점점 깎여 나갈 것이다.

그리고 결국에는 자신밖에 남지 않게 된다면, 그 고독감을 버틸 수 있을 것인가 하는 생각이 들었다.

둘은 딜런의 차를 타고 그의 집 앞에 도착했고, 앨리는 그의 이마에 입을 맞추었다.

지금 그에게 하는 어떤 위로도 소용없다는 것을 알았다.

그에게는 단지 시간이 필요했다.

"딜런, 옷 갈아입어, 이대로 자면 감기에 걸릴 거야."

그는 천천히 고개를 끄덕였고, 앨리는 그의 차에서 같이 내려 집까지 들어가는 그를 배웅했다.

현관으로 들어가는 그의 뒷모습은 그녀가 알던 그의 모습이 아닌 것 같았다.

가족을 잃은 딜런의 뒷모습은 작고 초라하게 느껴졌다.

이윽고, 현관의 문이 닫히자 앨리는 30분 거리에 있는 자신의 집 쪽을 향해 걸어갔다.

아직도 비가 내리고 있었고, 그녀가 집에 도착하는 순간까지 그녀 위로 쏟아질 것 같았다.

그녀는 택시를 잡으려다가 자신이 비 맞은 생쥐같이 흠뻑 젖었다는 것을 알았고, 집을 향해 터벅터벅 걷기 시작했다.

각양각색의 우산을 쓰고 아무렇지도 않게 지나다니는

사람들은 한 명이 세상에서 사라진 것에 대해서는 아무런 생각도, 감흥도 느끼지 못하는 것 같았다.

5분도 되지 않아서 그녀의 몸은 전부 젖었고, 뇌리에 박혀 있는 2주일 전의 블루홀 다이빙의 기억이 다시 머리를 휘젓기 시작했다.

바닷물의 파도 때문에 몸이 밀려나는 감각과 여기저기서 기포가 올라오는 물 속 안에는 그들을 집어 삼킬 듯이 쳐다보는 블루홀이 있었다.

그것을 처음 보았을 때 그녀는 알 수 없는 느낌에 매료되었고, 아름다운 산호초와 물고기들은 시시하게 느껴질 정도였다.

저 아래로 빨려 들어가듯 흐르는 소름끼치는 조류와 구덩이 끝에서 느껴지는 인간 근원적인 공포가 계속해서 올라왔고, 아직도 그 구멍을 보고 있는 느낌이 들었다.

지금 이 순간에도 그 저주받은 구멍에서 벗어나지 못하게 하려는 조류가 느껴지는 듯 했다.

머리가 젖어서 비가 머릿결을 타고 얼굴로 흘렀고, 체온이 떨어지는 것이 느껴졌다.

이제 다리를 건너고 10분 남짓을 더 걸으면, 그녀가 지내는 오피스텔이 나왔다.

평소라면 다리 밑의 산책로에 운동하는 이들이 지나 갔을 테지만, 비를 피해 들어가 아무도 나와 있는 이가 없었다.

자신도 언젠가는 제나처럼 갑작스레 호흡을 멈추고 싸늘하게 식어 관 속에 들어가는 것일까 하는 생각이 들었다.

딜런보다 오래 살고 싶지는 않았다.

그의 무덤에 흙을 뿌리고 그를 회상하며, 장례식을 하 는 것을 봐야 하니까 말이다.

자신이 여행에 따라가지 않고 딜런만 보냈으면, 그래 서 딜런이 제나의 곁에 있었더라면, 그녀는 불운의 사고 를 당하지 않았을까…

빗길을 뚫고 인도 옆을 지나가는 차들을 보면서 2주 전 제나와 그녀의 남편 알버트, 딜런과 함께 갔던 여행 이 조금씩 그녀의 머릿속에 떠오르기 시작했다.

공항에서 제나는 무표정으로 그녀를 보고 형식적인 말을 했고, 앨리도 별다른 내색 없이 대강 인사 한마디만을 건네었다.

반면에 딜런과 알버트는 서로 안부를 물으며 즐겁게 서로 이야기를 나누었다.

알버트는 딜런의 대학 동기로 앞머리를 넘겨서 귀에 닿을 정도로 길렀으며, 보기만 해도 에너지가 넘치는 사람이었다.

그는 이미 해변에 도착이라도 한 듯이 칵테일이 그려진 주황색 하와이안 셔츠를 입고 있었고, 제나도 속이 비치는 검은 색 드레스를 입어 멋을 낸 느낌이 들었다.

짧은 드레스는 제나의 금발과 잘 어울렸고, 괜스레 앨리는 주눅이 들었다.

그에 대비되듯 딜런과 자신은 별과 꽃이 그려진 평범한 분홍색 커플티를 입고 그들 뒤를 따라가고 있었기 때문이었다.

신혼여행에 같이 가자고 하는 것을 받아들이다니, 자기 자신이 바보같다는 생각이 들었다.

차라리 딜런만 혼자 보냈으면 마음은 편했을 것이다.

이 여행은 얼마 전 결혼한 제나와 알버트의 신혼여행이었고, 레저를 좋아하는 제나가 딜런에게 같이 가자는 제안을 한 것이다.

딜런의 권유로 앨리도 따라오게 되었지만 제나의 얼굴을 보고 나서는 후회가 되었다.

제나와 알버트는 깔깔거리며 비행기에 탑승하는 순간까지도 시끄럽게 떠들었다.

"알버트, 블루홀 실물을 보면 오줌 싸면서 그대로 밑으로 쭉 가라앉을 걸?"

"설마 이집트 땅을 밟지도 않았는데 겁나서 헛소리 하고 있는 건가? 너무 놀랄까봐 내가 진정제는 챙겨왔다고."

그들은 신혼여행을 즐길 생각에 들떠 있었지만, 앨리는 비행기가 출발하기도 전에 7일의 여행이 어서 끝났으면 좋겠다는 생각을 하고 있었다.

딜런은 그녀의 심정을 아는지 모르는지, 옆에서 앨리

의 배낭에 붙어서 장난을 쳤지만, 앨리는 계속 시무룩한 채였다.

비행기에서 딜런은 앨리에게 창가 쪽 자리를 양보해 주었고, 그녀는 비행기가 출발할 때부터 저 멀리 창밖너머를 바라보았다.

비행기가 엔진소리와 함께 요동치며 이륙을 했고, 어딘지 모를 곳의 나무들과 바닷물이 작은 비행기 창문 밖으로 점점 멀어졌다.

앨리는 턱을 괴고 창밖을 쳐다보았다.

"…내가 같이 오는 게, 별로 좋아하지 않는 것 같이 느껴져."

딜런은 제나와 알버트가 앉아있는 좌석 뒤쪽을 한 번 쳐다본 후 조용히 말했다.

"그렇게 생각하지 마… 결혼식을 한 지 얼마 안 돼서 피곤해서 그럴 거야, 원래 모르던 사이도 아니었고…."

앨리는 비행기가 상공에 올라가자 안내에 따라 안전벨트를 풀고 한숨을 한 번 쉬고 그에게 말했다.

"딜런, 부탁인데… 이집트 다합에서 다이빙을 하고 나서, 저쪽하고 따로 다니면 안 될까, 그 이상 폐 끼치고 싶지 않아."

딜런은 뭔가 말하려는 것 같았지만, 입을 닫고 가만히 앉아서 조금 생각한 뒤에 조용히 고개를 끄덕였다.

딜런의 제안을 수락하고 제나의 신혼여행에 따라가는 것을 받아들였을 때는 별다른 생각이 없었으나, 이제는 더 이상 저들 옆에서 신혼여행을 방해하는 것이 싫었다.

반대로 생각해서 그다지 친하지 않은 이와 같이 자신의 신혼여행을 간다고 생각하면 끔찍했다.

"도착하면 말해 볼게… 자유 여행이고… 뭐 상관은 없을 거야…."

딜런은 쓸쓸한 미소를 지으며 그녀의 말을 받아들였고, 너무 자신이 하고 싶은 것 때문에 앨리를 부담스럽게 했다는 생각이 들었다.

즐기자고 온 여행에 계속 앨리의 기분이 이렇게 상한다면 의미가 없었다.

또한 오래간만에 둘이 나온 여행이었다.

그들과 함께하는 것도 좋았지만, 앨리와 단둘이서 이국적인 곳을 돌아다니는 것도 나쁘지 않다고 생각했다.

여행을 둘이 간 지가 2년이 다 되어갔고, 일에 치여 그녀에게 소홀했다는 생각마저 들었다.

제나와 앨리의 트러블은 처음 있는 일이 아니었다.

대학생 시절 그의 집에 찾아갈 때나 딜런의 부모님의 생신 때 만날 기회가 생기면, 제나는 겉으로는 불쾌한 티를 내지 않았지만, 금세 그 자리를 피해버렸다.

앨리도 눈치가 있었고, 자신에게 호감을 가지고 있지 않다는 사실을 어렴풋이 짐작하고 있었으며, 관계는 진척되지 않고 지금에 이른 것이다.

항상 남자 친구의 가족이라는 위치에 있는 제나에게서 보이지 않는 거부감이 느껴졌다.

"…미안."

"아니야, 내가 괜히 무리해서 데리고 온 거야… 좀 자둬 일어나면 바로 움직일 거야."

앨리는 사과와 함께 비행기 바닥을 쳐다보면서 딜런의 감정을 살피고 있었다.

딜런은 다시 웃어보이고선 그녀가 자신의 어깨에 기대게 했다.

*

흔들리는 비행기에서 자고 있던 앨리는 시끄러운 소리에 눈을 떴다.

옆에 딜런은 없었고, 앨리는 무거운 눈꺼풀을 몇 번 깜박이고는 그를 찾아보려 했지만 그는 보이지 않았다.

그녀는 비행기 통로로 고개를 내밀어 앞뒤로 둘러보았지만, 불이 꺼진 비행기 실내에는 아무도 지나다닌 흔적이 없었고, 멀리서 딜런의 목소리가 들려오는 것을 알았다.

딜런은 인상을 찌푸리고 팔짱을 낀 상태로 제나에게 언성을 높이고 있었다.

"왜 그렇게 까칠하게 대해?"

"아니 처음부터 셋만 가기로 했던 거잖아."

"그래도 그렇지. 일주일 여행에 앨리만 내버려 두고 와? 다이빙한다고? 같이 올 거냐고 물어보라며 언제는…."

"그거야 형식상 한 말이지, 빈말하고 좋아서 말하는 거랑 구분 안 돼?"

"제나… 진정해."

"이번은 그렇다 쳐, 근데 평생 앨리 안 볼 거야? 항상 그런 식이었잖아, 너 이제 결혼했어… 이번 여행에서 좀 친해졌으면 하고 데리고 온 거야, 근데 이런 식이어서 다이빙 이후에는 따로 다니고 싶다고까지 하잖아."

앨리는 바로 고개를 집어넣고 자신의 자리에서 웅크렸고, 뛰는 심장소리가 좌석 전체를 울려댔다.

잠에 들었던 몇 승객들이 깨어 그들을 쳐다보았지만, 그는 꽤나 흥분해서 주변을 쳐다보지 않고 제나에게 소리를 쳤다.

앨리는 자신이 초대받지 못한 불청객이라는 사실을 알게 되었다.

딜런은 앨리와 제나가 좀 친해지는 계기가 되었으면 해서 같이 여행을 가지고 제안한 것 같았지만, 이 여행은 제나와 알버트의 신혼여행이었고, 자신이 끼어서는 안 될 자리였다.

딜런은 제나에게 몇 마디를 더 하다가 한숨을 크게 쉬고 주변의 사람들에게 사과를 하면서 다시 자리로 돌아왔다.

그가 자리로 와서 자신을 지켜보고 있다는 것을 알고 진정이 되질 않았지만, 자신이 방금 딜런과 제나가 언쟁을 한 부분을 들었다는 것을 들키고 싶지 않았다.

앨리는 그가 자리로 왔을 때 눈을 감고 자는 듯이 누워있었다.

딜런은 조용히 그녀를 바라보다가 그녀의 갈색 머릿결을 넘겨주었고, 담요를 목덜미까지 덮어주었다.

앨리의 마음은 복잡했다.

딜런만 자신을 좋아하면 되는 줄 알았는데, 어디서부터 퍼즐을 잘못 끼운 것인지 모르겠다는 생각과 자책감이 들었다.

제나와 더 친해졌어야 되는데 자신이 안일했다는 생각도 들었다.

친해질 기회가 있는데 자신이 놓친 것일까…

아니면 남의 신혼여행에 따라온 것 자체가 잘못인 걸까…

당장 비행기를 돌려서 집에 있는 소파에 얼굴을 파묻고 울고 싶었다.

"미안해."

딜런은 그녀가 깨어있는 것을 아는지 모르는지 조용히 중얼거렸다.

앨리는 눈을 감고 속에서 피어오르는 감정을 삼키며 그가 덮어준 담요를 덮고 다시 잠에 빠져 들었다.

비행기는 그녀의 마음처럼 흔들렸고, 자신이 딜런의 기분까지 나쁘게 만들었다는 생각에 괴로웠다.

*

공항에 내려 여행가방을 가지고 뜨거운 햇볕을 맞으며 호텔로 들어갈 때도 앨리는 지루한 듯이 먼 산만을 바라보고 있었다.

여기는 자기 자신이 올 곳이 아니라는 생각이 들었다.

그런 생각을 하니 이집트의 뜨거운 햇볕은 자신을 비난하는 것 같았고, 이국적인 풍경은 그저 자신이 미로에 갇혀 있는 듯한 기분이 들게 했다.

자신의 기분을 아는지 모르는지, 딜런과 제나, 알버트는 공항에 픽업을 온 차를 타고 다음 날의 다이빙 일정에 대해 쉬지 않고 말하고 있었다.

셋은 몇 년이나 같이 스쿠버다이빙을 배우고, 여러 곳을 놀러 다녔다.

그들이 이집트에 온 이유는 모든 걸 집어삼킬 것 같은 경관을 가진 다합 블루홀 때문이었고, 피라미드나 다른 관광지 따위에는 관심도 없었다.

7일 중에 2~3일 정도를 물에서 다이빙을 즐기고 다른 곳으로 이동해 여행을 즐기는 것이 계획이었고, 들떠 있는 그들에 비해 앨리는 관심이 없는 듯이 창밖만을 쳐다보고 있었다.

앨리는 소외감이 드는 것과 더불어 오래 전에 딜런과 함께 갔던 첫 여행이 다시금 생각났다.

생애 첫 여행을 다녀오면 내 인생의 무언가 달라질 것

이라고 생각하며 떠났던 여행이었다.

두근거리는 마음을 진정하며 이리저리 걸음을 옮겼고, 둘은 항상 손을 잡고 있었다.

자유여행에 여유자금도 별로 없어서 갈팡질팡했고, 숙소가 마땅치 않으면 노숙도 해 가면서 다닌 여행이었다.

그 여행에서의 딜런의 최대 관심사는 다른 것이 아니라 앨리였다.

그렇지만 5년이 지난 지금은 아니었다.

호텔은 인공잔디가 깔린 비교적 지어진 지 얼마 안 돼 보이는 곳이었고, 그들이 3일 정도를 머무르는 데는 무리가 없어 보였다.

앨리는 호텔에 들어가자마자 피곤하다는 말을 하고 일행들을 지나쳐 방으로 들어와 버렸다.

해가 지평선으로 넘어가고 있었기 때문에, 딜런도 제나와 알버트에게 인사를 하고 앨리가 있는 방으로 따라 들어갔다.

방에는 침대 바로 위에 천사 조각상 한 쌍이 조각되어 있어서 앨리는 방에 들어가다 깜짝 놀라서 걸음을 멈추었지만, 곧 침대에 몸을 던졌다.

적당히 푹신한 침대에 누워 앨리는 옆에 있는 전화기와 호텔 안내서를 보았고, 그 밑으로는 붉은색으로 수놓아진 카펫이 있었다.

앨리는 제나와의 관계에 대한 생각 때문에 호텔디자인이나 야경 따위는 신경 쓰고 싶지도 않았다.

딜런은 짐을 대충 현관 앞에 던져버렸고, 앨리의 옆에 와서 누웠다. 그러나 앨리는 딜런을 쳐다보지 않고 반대 방향을 보고 누워버렸다.

"내일 일어나면 곧장 다합 블루홀에 들어갈 거야, 자기도 바다에 들어가는 건 오랜만이지?"

"솔직히 이 더운 나라까지 왔는데 옆에 세계적인 관광명소 피라미드는 놔두고 고작 물에나 들어가는 게 의미가 있는 거야?"

"앨리, 여기 블루홀은 깊이가 124미터나 되는 곳이야, 폭은 300미터 정도이고… 가까이 가서 보기만 해도 장관일거야, 사실은 우리 신혼여행으로 가고 싶었지만, 휴양지를 좋아하는 자기를 배려했지."

딜런은 앨리의 뒤에 붙어서 그녀에게 팔을 감싸고 안아주었다.

"어련하시겠어."

"다합 블루홀… 정말… 아름다울 거야, 오길 바랬었는데… 이제야 왔네."

앨리는 자신을 감싼 팔을 어루만지면서 마음이 편안해지는 것을 느꼈다.

딜런은 벌써부터 물에 들어가는 것을 기대하고 있었기 때문에 제나에 관한 말을 꺼내서 그의 기분을 망치고 싶지 않았다.

비행기에서 듣게 된 말싸움을 못 들은 척하길 잘했다는 생각이 들었다.

앨리는 억지웃음을 지으며 딜런이 누워있는 방향으로 뒤돌아 누웠고, 그의 품에 안겼다.

이불을 덮은 그와 자신의 몸이 천천히 따듯해지는 것이 느껴졌다.

앨리는 다이빙에 관심이 없었고, 셋째 날 이후, 그 둘과 떨어지면 딜런과의 보낼 시간만을 기대하고 있었다.

그녀는 벌써부터 여유롭게 근처 관광지를 돌아다니며, 둘이 떠났던 첫 여행처럼 즐거운 시간을 보내는 모습을 떠올려 보고 있었다.

천장에 있는 환기를 위해 달린 선풍기 모양 기구가 불어오는 바람에 천천히 회전하고 있었고, 그 소리를 들으며 점점 의식이 멀어지는 것이 느껴졌다.

열린 창문에서 어둑어둑한 하늘을 지나 차갑지 않은 후덥지근한 바람이 불어왔고, 앨리와 딜런을 지나쳐 갔다.

*

창문을 열고 잤는데도 침대와 몸이 닿은 부분에 땀이 찬 것이 느껴졌고, 앨리는 몸에 붙어 거치적거리는 이불을 걷어차 버렸다.

앨리는 시야를 가리는 갈색 머리카락을 뒤로 넘기고 침대에서 힘겹게 일어났다.

딜런은 이미 세수를 하고 머리를 감아 수건을 머리에 쓰고 화장실에서 나오고 있었다.

"일어났어? 로비에서 식사를 챙겨서 바로 나갈 거야, 벌써 오전이 다 끝나가고 있어, 얼른 나가자."

앨리의 손목시계는 11시 반을 가리키고 있었고 그녀는 검은색과 흰색이 교차하는 티로 갈아입었다. 12시간은 잔 것 같은데도 피로가 가신 느낌이 들지 않았다.

앨리는 비행기에서도 불편한 자세로 자다 깨다를 반복했고 낯선 곳에 오면 항상 잠을 제대로 자지 못했다.

가방을 정리하고 내려갈 준비를 하는 딜런을 보자 비행기에서 제나에게 적당히 좀 하라며 소리치던 장면이 다시 머리에 떠올랐다.

그도 나름대로 제나와 나의 관계를 위해 애쓰고 있는지도 모른다는 생각이 들었다.

내려가서도 제나와 알버트에게 내색하지 않으리라 마음을 다잡고, 딜런의 손을 잡고 1층 로비로 내려왔다.

크로스백을 매고 짐을 옮기는 알버트가 계단을 내려온 두 사람을 보더니 카운터 쪽을 가리켰다.

"우리도 늦잠을 자서, 방금 나왔어. 앨리 씨, 딜런, 이걸로 요기라도 해."

"고마워, 알버트. 문 열어놓고 자도 괜찮을 정도의 날씨는 오랜만이야."

"오늘 같은 날씨면, 다이빙 슈트를 입고 물에 들어가도 그다지 안 춥겠네, 다행이야."

제나가 알버트 옆에서 기지개를 켜면서 말했다.

앨리를 제외한 일행은 물에 들어갈 생각으로 신난 것 같았다.

1층 카운터 옆 탁자에는 이집트식 샌드위치인 팔레펠이 놓여 있었다.

식감이 좋은 뿐이고 느끼하고 별로 맛이 없다는 것을 느끼기도 전에 다합 바다까지 그들을 데려갈 픽업 벤이 왔고, 그들은 몇 개를 챙겨서 차에 올랐다.

원래는 스쿠버다이빙 강습과 장비대여가 묶여 있는 패키지였지만 앨리를 제외한 셋은 다이빙 자격증이 있을 정도로 능숙했다.

딜런이 물에 익숙하지 않은 앨리와 같이 다니는 걸로 강습 없이 장비대여만으로 물에 들어가게 되었다.

벤의 앞자리에서 제나와 알버트는 선글라스를 끼고 차

옆에 펼쳐진 파도가 치고 있는 다합의 바다를 가리키며 떠들고 있었고, 둘은 걱정 하나 없이 즐거운 것 같았다.

하늘은 화창했고, 햇빛이 비친 바다는 반짝이는 잔잔한 파도로 화답했다. 거친 모래가 있는 해변에서는 사람들이 수영복을 입고 스노클링과 다이빙을 즐기고 있었다.

그들은 이집트의 다합에서 바다를 따라가며 세상을 다 가진 것 같은 기분이 들었다.

바다의 색이 열대 바다와 같이 영롱한 에메랄드색일 줄 알았지만, 바다의 색은 생각보다 화사하지 않았다.

그렇지만 바닷물 안에 들어간다면, 시선을 사로잡는 풍경이 그들을 반겨줄 것을 알았다.

이집트의 다합에 펼쳐진 바다는 거친 모래들과 자갈 때문에 다른 해변보다 황량한 느낌을 주었다.

"블루홀 안으로 들어가게 되면 조류가 생각보다 강할 수도 있어, 그래서 멍하니 있다가는 바닥 밑까지 빨려들어 갈 거야, 강한 조류를 만나면 바로 잠수장비 벗고 위로 올라와, 절대 무리하지 마, 밑으로 빨려 들어가면 구하러 갈 수 있는 방법이 없어, 자기는… 내가 계속 같이 있을 거니까 걱정은 하지 말고."

이런 딜런의 말은 다이빙을 몇 번 한 적이 없는 내게
말하는 것이 강했다.

제나와 알버트는 그의 말을 건성으로 듣고 있었고, 앨
리는 딜런을 걱정시키고 싶지 않았기 때문에 그의 말에
주의를 집중했다.

"이따가 측심기를 차고 내려갈 건데, 수심에 주의해야
돼, 40미터 이하로 내려가려면 특수한 기체가 필요하니
까, 그 이하로 내려가지 말고… 그리고 산소가 반이 소
모되면 알람이 울릴 거야, 그 땐 바로 블루홀 밖으로 나
오는 게 좋아, 조류를 뚫고 와야 하니까… 갈 수 있다고
생각하지 말고 바로 위로 올라와."

"둘이 동시에 발에 쥐라도 나지 않는 이상 문제없어,
그것보다 마음대로 돌아다니지 못해서 불편하겠어."

딜런은 걱정스럽게 그들에게 말했지만, 제나는 빈정거
리면서 앨리를 '힐끔' 쳐다보았다.

자신과 같이 있기 때문에 마음껏 다이빙을 즐기지 못
하는 딜런을 놀리는 것이었다.

앨리는 부아가 치밀었지만 내색하지 않았고, 딜런은 잠시 인상을 썼지만 앨리가 참는 것을 보고 아무 말도 하지 않고 넘어갔다.

30여 분을 달려 다합 블루홀에 도착한 그들 앞에 나타난 것은 더위를 식혀주는 바닷바람도 먹이를 구하러 다니는 길고양이들도 아니었다.

바다 옆 벼랑에 수많은 플라스틱으로 된 묘비들이 매달려 있었다.

옆에 있는 거대한 검은 구멍이 다이버들의 무덤이라도 된다는 듯이 따개비처럼 다닥다닥 붙어 있었다.

그리고 대미를 장식한 것은 "영원히 다이빙을 즐겨라." 라고 쓰인 글귀였고, 그 거대한 공동묘지에 걸린 간판처럼 걸려 있었다.

앨리는 스쿠버 다이빙을 제대로 해본 적이 없어서 겁부터 났지만, 다른 일행들은 아무렇지 않은 듯 차에서 내려 곧장 장비를 대여하러 걸어갔다.

블루홀은 마치 바닥에 볼링공을 떨어뜨려 깨진 구멍 같이 갑작스럽게 다합의 바다를 검게 칠해 놓고 있었다.

갑자기 푸른빛 바다가 중간에 색을 잃은 것 같았다. 그리고 그 인위적인 거대한 구멍 안에 들어가 그 심연을 들여다본다면, 그 기세에 눌려 움직일 수 없을 것 같았다.

앨리를 제외한 모든 이들은 이집트의 해변가에서 일말의 공포조차 느껴지지 않는 것인지, 물에 들어갔다가 나왔고 해변에 앉아 푸른 지평선을 바라보고 있었다.

일행은 기다렸다는 듯이 장비를 대여해주는 가게 앞에서 서둘러 장비를 입었고, 앨리는 그런 그들을 바라보며 저들과 나는 다른 부류의 사람이라는 생각이 들었다.

이제 몇 달 후 배우자가 되는 사람과 같이 여행을 왔는데, 소외감뿐 아무런 감흥도 들지 않았기 때문에 가슴속에서 미묘한 감정이 북받쳐 올랐다.

앨리는 산소통과 웨이트(물속으로 내려갈 수 있게 해주는 추)를 매고 다이빙 슈트로 갈아입는 일행을 보면서 옆에 있는 바위에 장비를 내려놓고 앉았다.

간간이 불어오는 바닷바람도 자신을 여기서 나가라고 소리치는 것 같았다.

"컨디션 안 좋으면 안 들어가도 돼요."

바위 위에 주저앉아 있던 앨리에게 말을 건 것은 예상 외로 제나였다. 그녀가 먼저 말을 거는 경우는 거의 없 었고, 또 자신을 걱정해주는 것 같아 놀랐다.

"…괜찮아."

"여기가 그렇게 안전한 곳은 아니거든요. 저 암흑에 들어갔다가 죽은 다이버들이 100여 명에 이르고, 다합 블루홀의 밑바닥에는 아직까지 건져 올리지 못한 시체 들이 쌓여 있다고 하니까요."

앨리에게 이렇게까지 말했는데 별 반응이 없자, 제나 는 왼쪽 눈 위를 찌푸린 채 그녀를 쳐다보고 말했다.

"2000년도에 러시아의 베테랑 다이버가 있었어요, 유 리 립스키라고… 한두 번 여기에 왔다 간 곳은 아니었 고, 베테랑이었어요. 그런데 무언가 알 수 없는 것에 이 끌렸는지, 가면 안 되는 40미터 아래로 빨려 들어갔고, 점점 밑으로 끌려 내려가 죽었어요. 그리고 그 장면이 카메라에 전부 담겼고요… 앨리 언니같이 초보자가 무턱 대고 갈 곳은 아니에요."

앨리가 어깨를 움츠리자 제나는 입 꼬리를 올려 그녀

를 비웃었다.

제나의 뒤로 슈트와 핀(지느러미)를 착용한 딜런이 앨리가 앉아있는 쪽으로 걸어왔다.

"왜 안 입고 그러고 있어? 우리 곧 들어갈 거야."

딜런은 앨리의 목에 빨간색 호루라기를 걸어주었고, 제나는 딜런의 뒤편으로 걸어갔다.

이제 제나의 긴 금발 웨이브 머리만 봐도 화가 치밀어 올랐다.

알버트에게 걸어가 가식적으로 목에 팔을 휘감는 모습을 보면서 당장이라도 모래사장에 내팽개쳐 버리고 싶은 충동이 들었다.

그리고 초보자는 빠져있으라는 그녀의 말에 오기가 스멀스멀 올라와 공포감을 떨쳐냈다.

딜런은 앨리가 웨이트를 차고 핀을 장비하는 것을 도와주었고, 그녀의 표정이 좋지 않은 것을 보고 방금까지 같이 있었던 제나를 쳐다보았지만, 제나는 시선을 피해 버렸다.

앨리가 팔에 측심기와 시계를 차자, 딜런은 앨리가 산

소통을 매는 것을 도와주었다.

제나와 알버트는 앨리가 장비를 다 착용했을 때쯤 이미 다합 바다에 발을 담갔고, 앨리는 딜런의 손을 잡고 천천히 바다의 경계를 넘었다.

다합의 해변에 앉아 있는 이들은 익숙한 광경인 듯 그들을 주의 깊게 쳐다보지 않았다.

뜨거운 햇볕은 이집트를 덮었고, 물은 햇빛을 받고 찰랑거렸다.

파도는 벌써부터 그들을 놓치지 않으려는 듯 그들의 발을 감싸 안았고, 생각보다 찬 바닷물에 놀랐지만 바닷물이 허리까지 차오를 때쯤에는 그 차가움에 익숙해졌다.

제나와 알버트는 블루홀의 검은색 경계 근처에서 망설임 없이 잠수했고, 앨리는 오기로 거대한 검은 구멍 앞으로 가고 있었지만, 저 아래로 내려간다면 다시 돌아올 수 없을 것이라는 생각에 몸이 떨렸다.

"제나와 알버트는 구멍 아래 갈 수 있는 한계까지 간다고 하지만, 우린 입구 쪽을 보기만 하고 안까지 들어가지 않을 거야."

"…딜런, 저 아래까지 가보고 싶지 않아?"

"…궁금하긴 하지만, 둘이 저 아래에 내려갔다가, 자기한테 문제가 생기게 되면, 심한 하강조류를 뚫고 수면 위로 올라오는 것이 힘들 수도 있으니까. 그리고 수면 근처도 충분히 예쁘고…"

앨리는 결국 제나의 말대로 자신이 걸리적거려서 딜런은 그렇게 기대하던 블루홀의 입구에도 들어가지 못하는 상황이 되었다는 생각에 기분이 우울했다.

물론 딜런과 단 둘이 수면 근처에서 물고기들과 화려한 산호들을 보면서 다이빙을 즐기는 것은 좋았지만, 그녀의 마음 한구석은 무거웠다.

"자기 때문에 깊이 들어가지 않는 건 아니야. 수면 근처에서 사진도 찍으려고 카메라도 가지고 왔어."

딜런도 앨리가 자기 때문에 자신이 들어가지 못한다고 생각할까봐 수면 근처도 좋다고 말해주었지만, 블루홀의 안쪽을 보고 싶어 하는 것이 분명했다.

내일이나 내일 모레에 다시 다합의 바다에 들어가게 되면 딜런과 제나, 알버트 이렇게 셋만 보내야겠다는 생각을 했다.

둘은 서서히 발이 닿지 않는 곳에 도달했고, 몸이 가라앉자 앨리는 당황했지만, 딜런은 그녀의 손을 잡고 같이 다합의 바다 속으로 들어갔다.

그렇지만 앨리의 우울한 기분은 다합의 바다 속을 본 순간 더 이상 남아있지 않았다.

*

고글로 본 다합의 바다는 수족관에 가서 본 물속과는 비교가 되지 않을 정도의 황홀감을 주는 것이었다.

주변에서 다른 다이버들이 뿜어내는 기포들이 위를 향해 정신없이 흩날리고 있었고, 모든 사물들이 바다를 통과한 푸른빛으로 빛나고 있었다.

조류에 이리저리 흔들리는 물고기들과 각양각색의 수중식물들, 그리고 여기저기에서 튀어나온 바위들이 다합의 바다를 이루고 있었다.

그리고 저 멀리 검은 블루홀의 낭떠러지로 들어가는

제나와 알버트가 보였고, 딜런은 놀라는 표정을 짓는 앨리의 고글 앞으로 와서 같이 오길 잘했다는 듯이 활짝 웃었다.

앨리는 푸른빛으로 빛나는 바다의 밑바닥에 잠수하여 손가락 한 마디 정도밖에 되지 않는 주황색 물고기들을 만지려고 했고, 물고기들은 그럴 때마다 금세 달아나 버렸다.

몸을 움직일 때마다 느껴지는 조류의 방향은 블루홀 안쪽이었고, 가만히 힘을 빼고 있으면, 천천히 블루홀 쪽으로 빨려 들어가는 것 같았다.

여기에서 저 까마득한 구멍을 쳐다보는 것만으로 온몸에 소름이 돋는 것 같았다.

앨리는 한참을 물고기들을 쫓다가 딜런에게 신호를 보냈고 같이 수면 위로 올라갔다.

그녀는 이제 우울함보다는 계속해서 물속에 있고 싶은 마음이 컸다.

수면 위에 올라와서도 바닥에 있는 블루홀의 면적이 까맣게 보였고, 자신들이 그 까맣게 물든 지역 위에 '둥

둥' 떠 있는 것 같았다.

그리고 시야에 전부 들어오지 않는 거대한 구멍은 그런 아름다움을 집어 삼키려는 듯 그 곳에 서 있었다.

조류도 칠흑같은 구멍 안으로 흐르고 있기 때문에 멍하니 안을 들여다봤다가는 금세 바닥까지 끌려 들어갈 것 같았다.

"…사실은 아까 제나가 난 빠져있으라는 듯이 말했어, 초보는 올 곳이 아니라면서…."

"미안해, 그러고도 남을 애야. 아마도 내가 자기한테 너무 관심을 쏟으니까 그게 맘에 들지 않나봐. 어렸을 적엔 내가 곧잘 제나를 데리고 다니면서 챙겨 줬거든…."

딜런은 예상했다는 듯이 사과를 했고, 앨리는 그것만으로 기분이 풀렸다.

"…제나한테 뭐라고 하는 게 아니라 언제 한 번 제대로 진지하게 말을 해보고 싶어. 만날 때마다 이런 식으로 지낼 수는 없으니까…."

"돌아가면 내가 한 번 자리를 만들어 볼게… 그리고… 고마워."

숨을 어느 정도 돌린 앨리는 다시 고글을 끼고 바닷물에 들어갈 준비를 했고, 딜런도 그녀가 준비하는 것을 보고 입에 호흡기를 물었다.

그리고 그 순간 앨리의 발을 누군가가 잡아 당겼고 앨리는 물었던 호흡기가 입에서 빠지며 물속으로 끌려 들어갔다.

'부글부글부글…'

수많은 기포가 그녀를 감싸며 올라갔고, 호흡기에서는 그녀가 마셔야 할 산소와 질소가 새어 나왔다.

바로 옆에 있는 딜런이 물속으로 잠수해 앨리를 잡아주었기 때문에 다시 수면 위로 올라갈 수 있었다.

'콜록콜록…'

그녀의 다리를 잡고 수면 위로 나오려고 한 것은 알버트였고 고글을 벗은 그의 눈은 물이 들어가서인지 충혈되어 있었다.

그는 올라오자마자 앨리의 발을 잡아당긴 것을 사과하지도 않고 숨을 몰아쉬며 외쳤다.

"딜런! 제나… 제나를 잃어버렸어… 여기로 올라온 거

아니지?"

"그게 무슨 소리야, 둘이 떨어진 거야? 농담이지?"

알버트는 심각한 표정으로 눈을 크게 뜬 채 고개를 저었고, 딜런은 잠시 물 밑으로 고개를 넣어 블루홀의 입구를 본 뒤에 다시 고개를 올렸다.

알버트는 아직도 진정이 되지 않은 듯, 어깨를 떨며 딜런을 바라보았다.

그리 넓지 않은 그의 어깨가 더 외소해보였다.

무슨 일이 일어날 것이라고 상상도 할 수도 없던 즐거운 분위기는 한 순간에 바뀌어 버렸다.

딜런이 긴장한 얼굴로 알버트에게 소리쳤다.

"제나를 얼마나 찾고 올라온 거야?"

"…한 10분 정도 찾다가… 나 혼자서는 안 될 것 같아서… 바로 올라왔어. 난 제나가 먼저 나간 줄 알았어."

딜런은 아무 말도 하지 않고 발밑에서 그들을 삼키려고 입을 벌리고 있는 블루홀을 쳐다보다가 입을 열었다.

"저기에 들어가는 건 좋은 생각이 아니야… 길이 몇 개 있는지는 모르지만, 길이 엇갈릴 수도 있고. 제나도 다이빙경력이 적은 게 아니야. 웬만하면 10분 이내에 올라올 거야."

그는 그렇게 말하며 손목시계를 보았고, 시계는 13:06:45를 표시하고 있었다.

그러나 알버트는 안절부절못하고 있었다.

"…딜런 그게 좀 이상한 게, 둘이 들어가서 20미터 지점에서 양 갈래 길이 나왔어. 나는 왼쪽으로 가고, 제나는 오른쪽으로 가서 5분 후에 다시 나와서 만나기로 했는데… 갑자기 왼쪽으로 가던 도중에 갑자기 조류가 세어지는 게 느껴졌어… 근처 바위를 잡지 않았으면, 몇십 미터는 쓸려 내려갔을 하강 조류였어. 그래서 바로 제나가 갔던 오른쪽 입구로 돌아갔는데… 막다른 길이었어… 계속 다른 길을 찾았는데 나갈 곳은 없고…."

"막다른 곳이었던 게… 확실해?"

알버트는 흥분한 채로 말을 쏟아내다가 말을 더듬기를 반복했다.

"모르겠어, 정신이 없었어. 조류 때문에 계속 쓸려 내려가고, 사방이 어두워서 전등이 없으면 보이지도 않고… 나도 위로 못 올라올 줄 알았어."

"알버트, 다시 내려가면 찾을 수 있겠어?"

딜런은 알버트의 두 팔을 잡고 진지한 표정으로 그에게 물었다.

그는 다시 더 심연에 내려가는 것이 꺼림칙한 듯 한동안 말을 하지 않았고, 뒤를 돌아 검게 비치는 어두운 구멍을 보더니, 고개를 끄덕였다.

현재 손목시계는 13:08:32를 표시하고 있었고, 제나가 홀로 오른쪽으로 나아간 지 약 35분이 지난 후였다.

평균 20미터 정도의 수심에 있다고 가정한다면 앞으로 버틸 수 있는 것은 30분에서 40분 정도였다.

깊은 수심의 바다로 들어갈수록 산소와 질소가 압축되어 흡입되기 때문에 버틸 수 있는 시간은 적어진다.

30분에서 40분보다 더 짧은 시간이 남아 있을 수도 있었고, 확실한 것은 당장 블루홀에 들어가서 바로 제나를 찾지 못하면, 그녀는 죽은 목숨과 다를 게 없다는 것이었다.

당장 물속으로 들어가서 제나를 찾아야 했다.

30여 분 안에 그녀를 찾기만 한다면 호흡기를 번갈아 흡입하면서 나오면 됐다.

"앨리, 장비 대여한 곳으로 가서 도움을 요청해."

"나도 들어갈게. 조류 때문에 해변까지 혼자 가려면 10분은 걸릴 거야… 다른 사람들이 도와주러 오면 이미 늦을 거고, 제나를 찾는데 한 명이라도 사람이 많은 편이 좋잖아."

딜런은 앨리라도 안전한 곳에 있게 하고 싶었지만, 그녀를 설득한 시간 따위는 없었고, 그녀의 말대로 지금 상황에서는 제나를 찾는 눈이 많은 것이 좋았다.

"알았어, 들어가서 바로 제나를 찾고 나오자. 조류 때문에 바위에 머리를 부딪쳐 기절해 있을 수도 있고… 아마도 그녀도 다이빙을 한두 번 한 것도 아닌데, 나오지 않는 것을 보면 무언가 문제가 생긴 걸 거야."

"제길… 떨어지는 게 아닌데…."

알버트가 자책했지만 이미 일은 벌어진 뒤였고, 그는 선두에 서서 다합의 바다로 다시 뛰어들었다.

그들은 우주와 같이 어두운 물 밑으로 향했고, 이제

아름다운 물고기들과 해초는 눈에 들어오지도 않았다.

앨리는 점점 자신이 볼 수 있는 모든 시야가 검은 구멍으로 가득 메워지는 것을 느꼈고 점점 공포가 밀려왔으며 등골이 서늘해졌다.

그렇게 차갑지 않은 바닷물임에도 불구하고 몸의 온도가 급격히 떨어지는 느낌이 들었다.

블루홀로 다가갈수록 눈앞에는 칠흑밖에 보이지 않았고, 검은 진흙탕에 빠진 것 같은 느낌이 들었다. 눈을 뜨고 있는데 모든 것이 검게 보인 것은 그날이 처음이었다.

밑에 누군가가 있는지 기포들이 조금씩 올라왔고 저중에 제나의 숨이 있기를 바랐다.

어두운 구멍 안은 혹시 지금 보이는 기포가 그녀의 마지막 숨이어서 내려갔을 때는 이미 그녀가 죽어있는 것은 아닐까 하는 좋지 않은 생각을 하게 만들었다.

여기에 들어가게 되면 다시는 살아서 빛을 볼 수 없을 것 같았고, 잡고 내려갈 돌에서 손이 미끄러지기라도 한다면 그대로 바닥까지 가라앉을 것 같았다.

눈앞에 나타난 암흑은 말 그대로 공허했고 물이 채워

져 있을 뿐 깊이도 가늠이 안 된다는 사실이 조금씩 공포로 다가왔다. 마치 심연에서 무언가가 눈을 부릅뜨고 희생양을 기다리는 것 같았다.

본능이 절대로 더 이상 밑으로 가지 말라고 요동치고 있었고, 심측계는 벌써 13미터를 표시하고 있었다.

그리고 입구에서부터 느껴지는 강한 조류는 거대한 심해어가 저 끝에서 먹잇감을 잡아당기는 듯 했다.

위에서 내려오는 녹색 빛은 너무나 미약했고 머리에 달린 랜턴을 켜지 않으면 아무 것도 보이지 않았다. 암흑은 빛이 반사되지 않을 정도로 깊게 펼쳐져 있었다.

앨리는 당장에라도 돌아가고 싶었고, 맨 앞에서 밑으로 내려가고 있는 알버트의 뒷모습은 헤드랜턴으로 비추지 않으면 찰나의 순간에 그의 모습이 사라질 것 같았다.

점점 밑으로 내려갈수록 기포도 더 이상 밑에서 올라오지 않았고, 앨리는 당장에라도 수면 위로 올라가고 싶었다.

앨리는 제나를 찾으러 같이 가고 싶다는 말을 하고 여기까지 왔지만, 겁이 나서 손이 떨렸다.

블루홀의 입구에는 그 많던 물고기들이 가면 안 될 곳이라는 듯이 한 마리도 보이지 않았다.

알버트는 시간이 없는 것을 알면서도 블루홀의 절벽 끝에서 잠시 망설이다가 몸을 던졌다. 몸에 찬 웨이트 때문에 금세 깊은 심연의 골짜기로 그의 몸이 빨려들어 갔다.

앨리도 공포심을 억누르고 딜런의 손을 잡고 어둠 속으로 뛰어들었다. 위에 보이는 미약한 녹색 수면에서 퍼져오는 빛을 제외하고는 사방이 검었기 때문에 기분 나쁜 악몽을 꾸는 것 같았다.

허리에 찬 납덩이 때문인지, 하강조류 때문인지는 몰라도 그들은 아래로 빨려 들어갔고, 심측기는 점점 올라가 20미터를 표시했다.

딜런은 내려가면서 시계를 보았다.

13:16:32

이미 8분이 지나 있었고, 그녀를 데리고 위로 올라가

는 시간도 고려하면 앞으로 20분 내외로 그녀를 발견해야 했다.

얼마 지나지 않아, 알버트는 우리 쪽을 돌아보고는 랜턴으로 작은 동굴을 비추었다. 동굴의 입구는 산호초와 해초들 사이에 가려져 있었고 일반적인 잠수 코스가 아닌 것 같았다.

알버트는 손으로 동굴 안을 가리켰고 아마 제나가 들어간 곳일 거라는 걸 알 수 있었다. 만약 동굴에 들어갔는데 입구가 막혀버린다면 자신들도 갇혀버린다는 사실에 오금이 저려왔다.

앨리는 자신은 이 앞에서 기다릴 테니, 제나를 찾으러 가라는 말이 목까지 올라왔다. 생각해보면 제나는 남자친구의 동생으로 어떻게 보면 있으나 없으나 한 존재였다. 이기적인 생각이었지만, 그녀를 위해 목숨을 걸고 싶지는 않았다.

앨리는 다이빙을 해본 경험이 거의 없었고, 20미터까지 와 본 것도 처음이었다. 호흡기를 차고 있음에도 불구하고 숨이 찼고, 몸이 조류 때문에 이리저리 움직였다.

하강조류가 더 강해진다면 발에 착용하고 있는 지느러미가 조류의 영향을 받아서 점점 더 밑으로 끌려들어 갈 것만 같았다.

더 지체할 시간이 없었기 때문에 알버트는 앞장서서 좁은 동굴로 들어갔다.

딜런이 바로 그를 쫓아 동굴로 들어갔기 때문에, 앨리도 할 수 없이 그의 뒤를 따라 안으로 들어갔다.

동굴의 입구는 두 명이 동시에 통과할 정도의 크기였고, 들어갈수록 깔때기처럼 넓어졌다.

이 조그만 동굴에 들어오기 전에는 미약하게나마 빛이 들어와 형체가 보였지만, 동굴에 들어오자 랜턴 없이는 앞에 있는 손조차 보이지 않았다.

일행은 동굴에 들어오자마자, 제나의 흔적이나 그녀가 나갔을 만한 통로를 찾기 시작했지만, 중간중간 눈에 띄는 것은 버려져 있는 낡은 잠수 장비들과 바위들뿐이었다.

앨리는 저 장비를 벗고 탈출을 시도한 이는 여기에서 잘 빠져나갔을까 하는 생각이 들었다. 또한 저 잠수장비를 들추면 그 안에 다이빙 슈트를 입은 채로 구해줄 누군가를 기다리다 죽어간 이가 있을 것 같았다.

무언가의 부유물이 제나를 찾는 그들의 시야를 가로막았고 뱀의 창자를 지나가고 있는 것 같았다.

그들은 조류에 몸을 맡기고 동굴의 더 깊은 곳으로 끌려 들어갔고, 불규칙한 바위들은 동굴로 들어갈수록 점차 넓어졌다.

앨리는 손발에 힘이 들어가지 않는 느낌이 들었고 여기에서 쥐가 난다면 경련이 일어나면서 꼼짝없이 죽을 것 같았다.

그녀가 자꾸 뒤처졌기 때문에 딜런은 알버트보다 1미터정도 뒤에서 앨리를 밀어주면서 이동했다.

해초가 달라붙어 흉측하게 널려있는 잠수장비는 제나가 누워 있는 것 같은 착각을 하게 만들었고, 딜런은 조바심이 나서 입술을 깨물었다.

시간은 13:27:43분을 표시하고 있었고 그들이 동굴에서 제나를 찾은 지 10여 분이 지나고 있었다. 그리고 이제는 알버트의 산소조차 얼마 남지 않았을 것이었다.

알버트도 그걸 알고 있을 테지만 계속해서 동굴 안을 뒤지며 내려가고 있었고, 심측계는 35미터에 가까워졌다.

딜런이 알버트에게 이제 그만 올라가야 한다고 신호를 주려고 할 때, 들어온 동굴 입구보다도 더 작은 구멍 두 개가 나타났다.

그리고 그 구멍 근처에 가까이 갔을 때, 지금까지의 조류보다 더 심한 하강조류가 흐르고 있다는 것을 알게 되었다.

알버트는 그 구멍 속으로 들어가려고 했고, 딜런은 알버트의 앞을 막고 위로 올라가야 한다는 신호로 검지로 위를 가리켰다.

알버트는 고개를 젓고 새로 찾아낸 동굴로 들어가려고 했으나, 딜런이 그의 손목을 잡고 놓지 않았다.

알버트가 찬 산소통의 남은 게이지는 5분의 1이 표시되어 있었고, 정확히는 모르지만 숨을 쉴 수 있는 시간은 15분 안팎인 것 같았다.

조류를 해치고 밖으로 나가기에는 아슬아슬한 산소량이었다.

게다가 잠수병을 예방하기 위해 수심 5미터에서 잠시 쉬어가야 했으므로 어떻게 될지 모르는 상황이었다.

여기까지 오기 전에 그를 돌려보내야겠다는 생각을 했지만, 제나를 찾느라 여념이 없어서 알버트의 산소에 신경을 쓰지 못하고 있었다.

딜런은 걱정스러운 얼굴로 알버트의 몸을 나가는 방향 쪽으로 밀어주었다.

알버트는 돌들을 짚고 조금 더 가다가 딜런과 앨리쪽을 보았고 잠시 후에, 조류를 헤치며 밖으로 나아갔다. 멀어져가는 그의 지느러미를 보며 앨리는 자신도 일단 이곳에서 벗어나고 싶다는 생각을 했다.

그러나 딜런은 알버트가 멀어져 가자 바로 두 개의 구멍 중 왼쪽에 있는 통로로 들어갔다.

이제는 그들이 내뿜는 기포 외에는 기포가 보이지 않았고, 조류가 더욱 심해졌기 때문에 근처 암벽을 잡지 않으면, 금방 동굴 안으로 끌려들어 갔다.

그리고 왼쪽 동굴은 30초도 가지 않아 점점 더 좁아졌고 벽이 그들의 앞을 막아섰다. 딜런은 길이 막혀있다는 분노를 이기지 못하고 짚고 가던 바위를 내리쳤고, 바위는 부서지며 그들의 시야를 가로막았다.

앨리는 헤드랜턴으로도 보이지 않는 부유물 사이에서 딜런을 잡으려 애썼다.

그녀는 앞이 보이지 않자 당황하며, 벽을 밀어 딜런이 있던 곳으로 몸을 날렸다. 그러나 조류는 엉뚱한 방향으로 그녀를 이끌었고 앨리의 고글은 벽에 부딪쳐 금이 갔다.

고글 안으로 물이 들어왔기 때문에 그녀는 더 진정하지 못했고, 이리저리 어둠 속에서 몸부림쳤다. 앨리는 호흡기마저 놓칠까 봐 이빨에 힘을 있는 대로 주었다.

위아래로 움직이는 그녀의 몸을 딜런이 잡았고, 그녀의 몸을 껴안아서 앨리가 진정할 때까지 기다렸다.

잠시 후, 앨리가 진정하자 그들은 방향을 돌려 방금 들어온 동굴 반대편으로 나가기 시작했다.

딜런은 섣부르게 돌을 건든 것을 후회했지만, 이미 일은 벌어졌고, 최악의 상황으로 치닫고 있었다.

그는 앨리의 손을 자신의 허리에 가져다 대어 자신의 허리를 잡게 하고 돌들을 짚으며 하강 조류를 거슬러 올라가기 시작했다.

앨리의 깨진 고글 속에는 물이 차올라 헤드랜턴이 있어도 깜깜한 어둠 속에서 아무것도 볼 수 없게 된 것이었다.

딜런은 제나를 어서 찾고 싶어 안달이 났지만, 이제 나가야 한다는 생각이 들었다.

하강조류는 약해질 기미를 보이지 않았고, 여기에 계속 있다가는 앨리와 자신도 빠져나갈 수 없을 것 같았다.

심측계는 38미터를 가리키고 있었고, 이제 앨리와 자신의 산소도 15여 분만이 남아있었다. 게다가 앨리는 시야가 보이지 않는 상태였고, 그녀를 이끌고 어둠 속을 짚고서 올라가야 했다.

딜런은 시계를 힐끔 보았고 13:33:17을 가리키고 있었다. 아직 산소의 남은 양이 반 이하가 되었다는 알람이 오지 않았지만, 시간문제일 것이다.

두 번째로 들어온 좁은 구멍은 조류가 엄청났다.

막다른 길에 조류가 빠져나가는 길이 보이지 않았음에도 불구하고 엄청난 조류가 딜런과 앨리를 가로막았다.

게다가 딜런은 앨리까지 같이 데리고 나가야 했기 때문에 몇 배의 힘이 드는 것 같았다.

어떻게든 돌을 잡고 왔던 길을 기어 올라갔지만, 1분 동안 1미터도 전진하지 못한 것 같았다.

앨리는 지금 40미터 가까이 되는 심해에서 아무것도 보지 못하고 자신만 믿고 있다는 생각에 딜런은 이를 악물고 돌들을 잡고 몸을 밀었다.

그리고 두 번째로 들어온 동굴의 입구가 보였을 무렵 앨리의 손에서 힘이 빠지기 시작했다.

딜런은 그녀가 자세를 바로잡는 줄 알았지만, 허리를 꽉 둘러서 잡고 있던 앨리의 손은 그의 허리에서 빠져나갔다.

"애르!"

호흡기를 문 채로 앨리를 불렀지만 제대로 된 소리가 나지 않았고 앨리는 막다른 곳으로 점점 빨리 들어가기 시작했다.

간신히 그는 앨리의 목덜미 쪽의 다이빙슈트를 잡았고, 다른 한 손으로 돌을 잡고 앨리의 몸을 자신의 가슴

쪽으로 보낸 후, 그녀를 뒤에서 끌어안았다.

여기서 의식을 잃으면 호흡기를 입에서 놓칠 수도 있었고, 그렇게 된다면 바로 죽음과 직결된다.

딜런도 점점 의식이 몽롱해지기 시작했다.

암흑을 기어 올라가는 것은 현실감이 없었고, 떠다니는 작은 부유물들은 바다에 짜 놓은 물감 같았다. 지금 여기에 있는 것이 꿈만 같았고, 호흡기를 벗으면 꿈에서 깨어날 것만 같았다.

딜런은 천천히 손을 호흡기 쪽으로 갖다 대었다.

앨리는 아직도 미동도 없이 자신의 앞에 웅크리고 있었고, 바로 앞에 동굴의 입구가 있었지만, 딜런은 온몸에 힘이 풀렸다.

앨리는 의식을 잃은 것 같았고, 딜런은 그녀를 흔들었지만 깨어날 기미가 보이지 않았다.

그 순간 호루라기 소리가 들렸다.

제나도 물론 호루라기를 차고 물에 들어갔을 테고, 여기 어딘가에서 호루라기를 불고 있는지도 모른다. 호루라기 소리는 공기 중보다 물속에서 더 멀리 전달된다.

여기에서 얼마 떨어지지 않은 거리에 제나가 있을 수
도 있다는 생각에 딜런은 정신이 번쩍 들었다.

아마도 돌이나 암초에 몸이 끼여서 나오지 못하고 있
을지도 모른다는 생각에 딜런은 다시 조류를 거슬러 올
라가기 시작했다.

기포들이 그들의 주변에 어지럽게 흘러나왔고, 저절로
신음이 나왔다.

블루홀은 그들이 밖으로 나가는 것을 허락해 주지 않
는 것처럼 그들의 발을 잡아당겼다. 그리고 있는 힘을
다 짜내어 조류를 거슬러 두 번째 구멍의 입구에 도착했
을 때, 딜런과 앨리의 장비에서 산소가 반밖에 남지 않
았다는 신호음이 들렸다.

다른 쪽의 구멍으로 간다면 제나가 있을지도 모르지
만, 지금 앨리는 의식을 잃었고, 자신도 조류를 거슬러
올라와서 힘이 많이 빠진 상태였다.

그렇지만 위로 올라가서 다시 제나를 구하러 올 기회
는 없었다.

현재시각 13:36:14. 제나가 물에 들어간 지 60여 분이

다 되어가고 있었고, 이제 그녀의 산소는 한계일 것이었다.

지금 그녀를 발견한다고 하더라도 번갈아 호흡하면서 어두운 동굴을 더듬어 나가야 했다.

게다가 앨리의 고글에는 물이 가득 차 있어 아무것도 볼 수 없는 데다가, 그녀는 의식이 없었다.

지금 당장 앨리를 수면 위로 데리고 나가야만 했다.

절대 그러고 싶지 않았지만, 제나를 찾는 것을 포기하든지, 앨리를 위급하게 만들든지 둘 중 하나를 선택해야 했다.

문제는 제나를 발견한 것도 아니라는 것이다.

산소는 반 정도밖에 남지 않았고 이 상황에서 제나를 찾으러 다른 쪽 구멍에 들어가는 것은 엄두가 나질 않았다.

딜런과 앨리가 나온 쪽의 구멍과 마찬가지로 반대편도 엄청난 세기의 조류가 있었고, 앨리를 저기에 데리고 들어갔다가 다시 나오는 건 불가능한 것 같았다.

나올 때쯤 자신의 힘이 다 빠질 것이 분명했다.

딜런은 몽롱한 정신 속에서 계속해서 고민을 했고, 시간은 점점 흘러가고 있었다. 지금 제나를 놓고 간다면 그

죄책감에 자신이 버틸 수 있을까 하는 생각이 들었다.

그렇지만 그것은 앨리의 쪽도 마찬가지였다.

여기서 제나를 찾는다고 시간을 낭비해 앨리가 눈을 감은 채로 다시 돌아오지 못한다면 자신은 그녀를 잃은 죄책감을 떨쳐낼 수 없을 것만 같았다.

호흡기의 산소는 점점 밑으로 내려가고 있었고, 그 말은 물속에서 머무를 수 있는 시간이 없어지고 있다는 뜻이었다.

그 와중에도 호루라기 소리는 계속해서 그의 귀에 들려왔고 정신은 혼미해지고 있었다.

눈앞에 있는 것은 돌로 이루어진 통로뿐이었고, 블루홀 속의 심연은 점점 더 고민하고 있는 딜런을 깎아먹고 있었다.

그때였다.

앨리가 호흡기를 뱉어내고 몸부림을 치기 시작했고, 뱉어내진 호흡기에서 여기저기 산소가 흩날렸다. 앨리는 앞도 보이지 않고 숨도 못 쉬는 상황에서 패닉이 온 것 같았다.

딜런은 재빨리 호흡기를 잡아 그녀의 입에 끼워주었다.

앨리의 발작으로 인해 산소를 낭비했을 뿐더러 앨리가 바닷물을 많이 먹은 것 같았다.

딜런은 놀란 그녀의 손을 꽉 잡고 손바닥에 UP이라는 글자를 반복해서 쓰자 앨리는 진정했는지, 딜런에게 안기었다.

딜런은 앨리의 등을 어루만져주었고, 좀 진정하는 듯했지만 다시 그녀의 팔은 힘없이 조류를 타고 흐느적거렸다.

다시 의식을 잃은 앨리의 어깨를 흔들어 보았지만, 그녀는 미동이 없었다. 호흡기에서 기포가 나오는 것으로 보아 숨은 쉬고 있었지만, 이런 식으로 가다간 얼마 가지 않아 다합 블루홀 속 작은 동굴이 그녀의 무덤이 될 것이었다.

딜런은 결심이 섰고 곧바로 처음에 그들이 들어온 동굴을 거슬러 올라가기 시작했다. 다행히 두 번째로 들어간 작은 구멍들보다는 조류가 약했기 때문에, 올라가는 데 큰 문제는 없었다.

아직까지 호루라기 소리가 그의 귀를 때렸지만, 그는 앨리의 몸을 밀면서 왔던 길로 넘어갔다.

호루라기 소리는 딜런을 원망하듯 떨리면서 블루홀 안을 울려댔고, 이제는 그 소리가 공포스럽게 들리기 시작했다.

점점 동굴의 입구로 올라갈수록 소리가 작아지는 것이 위가 아닌 블루홀의 심연에서 퍼져 올라오는 소리인 것 같았다.

딜런은 다이버들이 버려두고 간 장비에 몇 번이나 옷이 걸렸지만, 악을 쓰면서 동굴의 끝으로 향했다.

몸이 점점 더 차가워지는 것이 느껴졌고, 시계를 아무리 쳐다보아도 들어온 지 얼마나 되었는지 계산이 되지 않았다.

머리는 몽롱했고, 술을 마신 것처럼 몸의 반응이 느렸다. 뇌 안에 기포가 차는 것 같다는 이상한 생각도 들었다.

앨리의 몸은 아직도 축 처져서 딜런이 잡아 이끄는 대로 움직였다. 시간이 얼마나 지났는지 모르겠지만, 산소는 얼마 남지 않았을 것이다.

다합 블루홀의 심연은 꺼질 기미가 보이지 않았고, 그들은 그 어둠 안에서 끊임없이 허우적거렸다.

고글로 보이는 자신의 팔과 다리는 감각이 둔해져 자신의 것이 아닌 것 같은 느낌이 들었고 딜런의 정신이 점점 멀어져 갔다.

*

카페에 앉아 딜런의 큰 손을 힘주어 잡고 있던 앨리는 커피 두 잔이 놓인 탁자를 바라보았다.

그들의 침묵 속에서 딜런의 커피는 거의 그대로, 앨리의 커피는 반쯤 남아 식어가고 있었다. 더 이상 김이 나오지 않은 것을 보고 앨리는 그날의 기억도 식어가는 커피처럼 다 날아가 버렸으면 좋겠다는 생각을 했다.

"자기는… 충분히 애썼어…."

"아니… 3분만 더 있었어도 제나를 찾을 수 있었어. 다른 구멍 쪽에 내려가 봤어야 됐어…."

"딜런, 자기는 의식이 없는 나를 끌고 수면으로 올라

왔어… 그건 충분히 대단한 일이야… 이런 말을 하면 안 되겠지만, 거기서 제나까지 구할 수는 없었어."

딜런은 나무무늬로 된 카페의 바닥을 쳐다보면서 잠시 동안 침묵을 지킨 후에 입을 열었다.

"머릿속에서 호루라기 소리가 멈추지 않아… 잘 때도… 일어나서도 호루라기 소리가 들려… 집을 아무리 뒤져도 호루라기 비슷한 것도 없는데…."

제나의 호루라기는 동굴 안의 버려진 장비에 걸린 채로 발견되었다.

그녀의 시체는 블루홀의 하강조류에 의해 쓸려간 듯 발견되지 않았고, 그녀는 마지막 순간까지 구해주러 올 누군가를 기다리며 호루라기를 불었을 것이다.

그 사실은 안 딜런은 그 자리에서 한참 동안 멈춰서 고개를 숙이고 서 있었다.

물론 딜런이 앨리를 내버려두고 호루라기 소리를 따라 제나를 찾으러 무리해서 들어갔다면, 이 자리에 같이 앉아 있지도 못했을 것이었다.

그러나 딜런은 그날 이후 상당이 초췌해 있었고, 말수

도 줄어 정신적 부담을 느끼고 있는 것이 눈에 훤히 보였다. 그의 수염은 면도를 하지 않은 지 오래되어 덥수룩했고, 두 눈 밑에는 검은 줄이 진하게 내려와 있었다.

"딜런⋯ 나는 자기가 구해서 올라온⋯ 게⋯ 너무 ⋯고마워."

앨리는 딜런의 아무렇게나 자란 구레나룻과 수염을 어루만졌고, 그는 어느 정도 안정이 된 듯 그녀를 바라보았다.

"왜 그곳에서 제나가 못 나왔는지⋯ 알겠더라⋯."

"조류가⋯ 강해서?"

"처음에 발견한 동굴에 들어갔을 때는 몰랐는데, 너를 데리고 빠져나오려고 할 때 엄청난 하강조류가 흐르고 있는 걸 알았어, 동굴 입구에서 자기를 잡고 나가려고 발버둥 쳤는데⋯ 아무리 나가려고 해도 동굴 벽을 잡고 버티는 게 한계일 정도였어⋯ 입구가 좁은 걸 보고 알았어야 했는데⋯ 엄청난 수압이었어⋯."

"그래서 어떻게⋯ 나왔어? 뒤쪽에 길이라도 있었던 거야⋯?"

"…거기는 미로 같은 곳이야, 뒤로 갔다가는 어두운 동굴을 죽기 전까지 헤매었을 거야… 그리고 알버트도 나갔는데, 분명 동굴에 수압이 약해질 때가 있을 거라고 생각했어… 그리고 몇 분을 기다리자 수압이 약해졌고, 마지막 힘을 다해 빠져나왔어. 동굴에서 나오자 아주 멀리 미약한 녹색 빛이 보였는데, 이미 힘이 빠진 상태여서 수면 위로 올라갈 수 있을지는 장담 못하겠더라고…."

제나의 실종 이후, 딜런에게 자신을 데리고 어떻게 수면으로 올라왔는지 물어보고 싶었지만, 지금까지 앨리는 의도적으로 그날의 일을 꺼내지 않았다.

그날의 기억을 떠올리면 딜런의 상태가 더 악화될까 봐 걱정이 되어서 지금까지 입 밖에 내지 않은 것이었고, 2주가 지난 지금에서야 딜런이 먼저 말을 꺼낸 것이다.

"그때 산소통의 산소 수치를 봤는데… 거의 바닥이었어… 동굴 안을 빠져나오느라 생각보다 더 많은 산소를 썼던 거야…."

딜런은 식은 커피를 '벌컥벌컥' 들이켰고, 앨리도 식은 커피 잔을 들어 남은 커피를 몇 모금 더 마셨다.

카페에 앉은 다른 사람들이 떠드는 소리와 커피를 로스팅 하는 기계의 소음이 퍼졌지만, 그녀의 귀에는 딜런의 말밖에 들리지 않았다.

"자기를 어깨에 올리고 계속 발을 저었어… 위에서 조금씩 내려오는 빛을 본 순간, 그래도 여기서 나갈 수 있다는 생각이 들었거든… 여기서 나가야 된다는 생각 말고는 아무런 생각도 들지 않았어…."

앨리는 탁자를 쳐다보면서, 말을 이어가는 딜런의 기억에 숨죽이고 귀를 기울였다.

"아무리 발버둥을 쳐도 수면과는 가까워지지 않았고, 잠수병을 방지하기 위해 5미터 지점에서 쉬어가야 하는데, 그런 것 따위는 신경 쓸 여유가 없었어… 그리고 그토록 고대하던 수면이 바로 앞으로 다가왔을 때, 수면으로 손을 뻗었어… 아마 블루홀의 정중앙 부분으로 나왔다고 생각해…."

"그렇게… 나온 거구나…."

그는 또다시 말을 끊었고, 앨리는 다음 말을 듣고 싶

은 듯이 그의 얼굴을 빤히 쳐다보았다.

딜런은 고개를 저으며, 심각한 표정을 지었다.

"그게 아냐… 분명 수면 위로 나왔다고 생각했는데… 나는 여전히 블루홀의 밑바닥이었어… 우리가 들어갔던 동굴이 보이는… 나도 내가 미쳤다고 생각했어… 점점 연한 녹색이었던 바위들은 푸른빛으로 빛나기 시작했고, 열대어들이 기포를 피해 헤엄치는 것이 보였어. 나는 잠수병 같은 걸 신경 쓸 겨를도 없이 바로 수면으로 올라갔다고 생각했는데…."

"딜런… 나를 들고 올라와 준 게… 정말 고마워."

"아니, 문제는 그게 아냐… 나는 여전히 블루홀의 밑바닥에서 녹색 빛으로 희미하게 빛나는 바위를 쳐다보고 있었어."

"그게 무슨 말이야? 수면 위로 올라온 게 아니었어?"

"그런 줄 알았어! 그런데 아니었어… 환각을 보고 있었던 거야… 전에도 잠수병 때문에 비슷한 경험을 한 적이 있었어. 다합 블루홀처럼 생생하지는 않았지만…."

딜런은 흥분해서 바로 말을 이었고, 그런 그를 옆에

앉아 있던 커플이 힐끗 쳐다보았지만, 바로 다시 시선을 돌렸다.

앨리는 걱정스러운 눈으로 그를 바라보고 있었다.

그가 수면으로 올라온 과정을 다른 이들에게 말하지 않은 것은 자기 자신도 2주전 일어난 일을 믿을 수 없었기 때문이었다.

수면 부근의 푸른빛이 자신에게 비추고 있었고, 물고기들이 거의 수면에 다 왔다는 듯이 그를 반겨주고 있었다.

그런데 정신을 차렸을 때는 밑바닥에서 넋을 놓고 저 멀리 보이는 수면만을 쳐다보고 있었던 것이다.

"그렇게 수면에 올라갔다고 생각했는데, 다시 바닥에 있는 나 자신을 발견했을 때… 더 이상 몸에 아무런 힘도 없었어… 다행이 산소는 수면 위로 올라가기 전과 비교했을 때 전혀 줄어들지 않았는데, 다시 저기에 올라가면 정말 나갈 수 있는 것인지 의문이 들더라고…"

앨리는 횡설수설하면서 자신을 보며 겁먹은 얼굴로 말을 이어가는 딜런이 걱정이 되었다.

아마도 그는 잠수병 증세 때문에 올라오는 과정에서

환각을 본 것 같았다.

"바로 눈앞에 빛이 보였는데… 나는 한동안 멍하니 블루홀의 바닥에 있었고, 곧 거기서 기포만 내뿜고 있는게 시간낭비인 것을 알아챘어… 그리고 다시 수면을 향해 수영해가기 시작했어."

"…이번에는 밖으로 나간… 거지?"

"…아니, 난 다시 한 번 빌어먹을 물고기들과 산호를 헤엄쳐 수면 위로 올라갔어. 다리는 지느러미를 한 채 쉬지 않고 움직이고 있었고, 너무 피로해서 당장 다리를 움직이는 것을 멈추고 싶었어… 그렇지만 한 순간이라도 다리를 멈춘다면, 자기와 함께 절벽 안으로 곤두박질칠 것 같아서 그럴 수 없었어. 그때 현기증이 났고 호흡기를 차고 있음에도 불구하고 숨이… 턱턱 막혔어… 내 주변에서 기포가 나를 제치고 올라갈수록, 내가 이 심연에 중독되어가는 듯했어."

"딜런… 진정해."

딜런은 물속에 있는 것 같이 숨이 차는 듯 '헉헉'거리며 숨을 몰아쉬었고, 앨리는 카페의 셀프바에서 물을 조금 가져와 딜런에게 건네었다.

딜런은 그녀가 가져온 물을 그 자리에서 모두 다 들이켰다.

앨리는 딜런의 상태가 걱정되었다. 그는 위태로웠다. 일은 고사하고 잠도 제대로 자지 못하고 있었다.

"그래도 난 계속해서 수면을 향해 발장구쳤어… 계속해서… 또 계속해서…"

"딜런 그만 말해도 돼…"

"아니 앨리, 너도 들어야 해. 나는 계속해서 수면 위로 올라가고 있었어… 산소와 시간은 그대로였지만… 나는 계속해서 위로 올라갔고… 다시 블루홀의 밑바닥에서 허우적거리고 있었어… 그리고 검은 구멍은 그런 날 비웃고 있는 듯이 미약한 녹색 안광을 켜고 나를 노려보는 것 같았고… 나는 패닉상태에 빠졌어."

딜런은 이제 광기에 찬 듯이 경련을 일으키듯 말을 했고, 앨리는 더 이상 그의 말을 듣고 싶은 것이 아니라, 그가 쉬었으면 좋겠다는 생각에 애처로운 눈으로 그를 바라보았다.

"이제 더 이상 위로 올라가도 똑같을 거라는 생각에 수면 밑바닥에서 위만 쳐다보고 있었어… 난 이미 포기해가고 있었던 거야. 잠수병 때문에 정신을 잃고 바닥에 가라앉고 있거나, 아니면 환각을 보고 있는 거라고 생각했어… 나는 그제야 블루홀의 밑바닥에서 주변을 둘러봤어… 진짜… 칠흑같이 어둡더라… 칠흑같이 어두운 구멍에 자기를 업고 혼자서 서 있었어… 그리고 내가 거기 있는 걸 모를 정도의 시간 동안 혼자 위를 쳐다보고 있었어… 난 내 시계를 봤고, 시계는 멈춰 있다는 사실을 알았어… 산소통의 게이지도 아무리 숨을 내쉬어도 그대로였지…."

"…딜런, 이제 됐어. 이제 우리 그만 들어가자."

아직 카페에 온 지 30분도 채 지나지 않았지만, 그의 이야기를 더 듣다가는 그의 상태가 더 악화될 것 같았다.

"…앨리 여기까지만 말할게… 아무한테도 이런 말 한 적이 없어. 더 말하지 않다가는 미쳐버릴 거야… 그렇게 우두커니 어둠 속에 서 있는 내 위로 산소통이 내려왔어… 하나… 둘… 곧 수십 개의 산소통들이 내려와 내

시야를 가득 채웠어… 내가 미쳤다는 생각이 들었어… 지금 내가 보고 있는 것이 진짜일까 하는… 그리고… 한동안 들리지 않던 호루라기 소리가 들렸어… 위쪽인지, 아래쪽인지… 사방에서 호루라기 소리가 겹쳐서 들렸어… 제발… 자기라도 정신을 차렸으면 좋겠다는 생각을 했어… 난 혼자 주저앉아 떨고 있었어."

"…거기에 얼마나 있었던 거야?"

"모르겠어… 사실은 아직도 그 어두운 계곡 밑에서 구조대를 기다리고 있는 기분이 들어…."

"오… 딜런…."

앨리는 일어나서 딜런의 얼굴을 감싸고 안아주었다.

격앙되어 어깨를 들썩이며 이야기하던 그도 앨리가 다가와 안아주자 입을 닫았다.

"오늘은 너무 늦었어… 내일을 위해서… 들어가자."

"…그래 …앨리."

그는 힘없이 일어나 터벅터벅 카페의 입구로 걸어갔고, 그의 뒷모습을 본 앨리는 기분이 착잡했다.

블루홀은 아직도 그를 놓아주지 않고 있었고, 블루홀

에서 기어 나왔음에도 불구하고 딜런의 정신을 심연으로 밀고 있었다.

앨리도 커피 잔 밑에 팁을 두고 조용히 일어나 딜런의 뒤를 따랐다. 가을이 다 되어가는 밤공기는 차가웠고, 아직도 그 어둠 속에서 나왔다는 것이 믿기지 않았다.

둘은 딜런의 차에 타서 벨트를 매었고, 딜런은 카페의 주차장에서 차의 시동을 켜지 않고 그녀에게 말했다.

"오늘 제나의 무덤 앞에서 알버트를 만났어… 데이트 할 때 주곤 했던 프리지어를 들고 왔다고 말하더라… 그리고… 제나의 시체라도 찾으러 다시 들어가야겠다고 하더라…."

"…진심으로… 하는 말 같았어?"

"글쎄… 차마 말릴 수가 없었어…."

"거기가 어떤 곳인지 모르는 것도 아니잖아…."

"…같이 가자는 제안을 했는데… 대답 안 했어… 알버트는 날 원망하고 있는 것 같더라… 날 믿고, 제나를 찾는 걸 맡겼는데, 아무것도 찾지 못하고 나왔으니…."

그는 또다시 고개를 숙이고 이마를 만지면서 말했다.

딜런은 그 어두운 심연에서 제나를 찾지 못했다는 죄책감에 끊임없이 괴로워하고 있는 것 같았다.

"…딜런, 아까도 말했지만, 제나를 찾지 못한 것에 죄책감을 가질 필요는 없어… 그날의 자기한테 제나를 찾아오는 것까지 바랬다면 그건 욕심이야…."

"…앨리, 알버트의 심정도 이해가 가지 않는 게 아냐… 자기를 블루홀에 남겨두고 왔으면 나도 똑같이 했을 거야."

"알버트는 그 밑의 조류가 어떤지 몰라서… 그런 소리를 하는 거야."

앨리는 이제 더 이상 블루홀에서 있었던 사고를 입 밖에 꺼내는 것이 싫었다. 조금씩 끔찍한 기억을 잊어야 하는데, 그게 아니라 점점 트라우마로 남아 계속해서 말을 할 때 튀어나오는 것 같았다.

어두운 도로에는 간간이 차들이 라이트를 비추며 지나갔고, 앨리는 조수석에서 어두운 창밖을 내다보면서 2주 전의 블루홀 다이빙을 생각했다.

다합의 블루홀 안에 가라앉아 가는 기억은 아마 죽기

전까지 뇌리에 남아있을 것 같았다.

앨리는 딜런이 그녀의 집에 데려다 주는 도중에도 끝이 없는 것 같은 그 어둠으로 떨어져가는 상상을 했다.

차가 주황 가로등이 켜져 있는 오피스텔에 멈췄고, 딜런은 멍하니 생각에 잠긴 앨리를 바라보며 말했다.

"내일 봐… 앨리, 문자해."

"조심해서 가…."

앨리는 멍하니 창문 밖을 쳐다보다가 그의 작별인사에 화들짝 놀라며 그에게 인사를 하고 차에서 내렸다.

그녀는 혼자 계단을 올라가면서도, 현관에 열쇠를 꽂으면서도 2주일 전 있었던 일들로 머리가 복잡했다.

비상구 계단의 창문 너머로 그의 차가 언덕을 올라 어둠 속으로 사라지는 것이 보였다.

딜런이 다시 저기에 들어간다는 말을 한다면, 절대로 못 들어가게 하고 싶었다. 딜런이 잠수를 하는 게 능숙하지 않거나 기술이 부족한 게 아니라, 그곳에 또다시 들어간다면 그의 정신이 버티질 못할 것 같았다.

물 안에서 발작이라도 일어난다면 그대로 거기가 그

의 무덤이 될 것이라는 생각이 들었다. 그게 아니더라도 조류가 상당해서 현지 다이버들도 그녀의 수색을 피한 곳을 기어코 들어간다는 것은 자살행위로밖에 보이지 않았다.

그녀는 코트를 현관 옆의 옷걸이에 걸고 냉장고를 열었으나 마땅히 마실 것이 없자 침대 옆의 수면등을 켜고 자리에 누웠다.

그녀가 모르는 사이에 핸드폰에 모르는 번호로 부재 중이 떠 있었지만, 신경 쓰고 싶지 않았기 때문에 충전기에 꽂고 힘을 빼고 침대에 몸을 뉘였다.

천장에는 야광별 장식이 조명 밑에 붙어서 빛을 내고 있었고, 피로가 잔뜩 쌓였는데도 쉽사리 잠이 오지 않았다.

침대에 눕자 블루홀 따위보다 내일 출근해야 할 직장이 걱정되었고, 이불을 덮어 몸은 점점 따뜻해지고 있었다.

앨리는 그 포근함에 점점 눈이 감겼다.

*

그녀는 물로 가득한 동굴에 갇혀 있었다.

분명 조류가 있어서 어딘가에 구멍이 뚫려 있는 것은 알았으나, 사방을 전부 둘러봐도 휘날리는 해조류와 지저분한 돌들만 보이는 해저동굴 안이었다.

앨리는 호흡기를 차고 있음에도 불구하고 숨이 '턱턱' 막히기 시작했고, 소리를 질렀지만 그녀의 목소리는 들리지 않았다.

헤드랜턴으로 보이는 물의 부유물들이 탁한 물속에 있다는 것을 알려주었다.

당장 고글과 산소통을 벗고 이 답답한 공간에서 벗어나고 싶었지만, 장비를 벗었다가는 바로 숨이 막혀 이곳이 자신의 무덤이 될 것만 같았다.

정신없이 주위를 둘러보며 몸부림치던 그녀는 누군가가 동굴에 장비를 매고 엎드려 있는 것을 알아챘다. 긴 금발이 조류에 따라 이리저리 흩날리고 있었고, 앨리는 뒷모습만을 보고는 제나라는 것을 알았다.

앨리는 그녀의 이름을 부르고 싶었지만 그럴 수 없었고 이리저리 뿜어져 나오는 기포 사이로 손을 뻗었다. 쓰러져 있는 제나의 장비가 녹이 슬어 군데군데 붉은 빛으로 벗겨져 있는 것을 알았다.

그렇지만 이미 그녀의 손은 제나의 어깨에 닿았고, 그녀가 손을 대자마자 여기저기 뜯어 먹혀 핏줄과 붉은 색 근육 그리고 살점이 너덜거리며 붙어있는 그녀가 얼굴을 올려 천천히 앨리를 바라보았다.

호흡기는 이미 그녀의 입에서 떨어져 있었고, 산소가 다 소모됐는지 기포들은 더 이상 나오지 않았다.

그녀는 무언가 말을 하고 싶은 듯이 살점이 여기저기 떨어진 입을 움직였으나 아무런 소리도 들리지 않았고, 앨리는 공포에 이성을 잃고 소리를 질렀다.

정신없이 몸부림쳤지만, 물의 저항 때문에 몸은 생각한 것보다 느리게 움직였다.

핸드폰에서 울리는 베토벤 비창과 커튼 뒤로 몇 줄기 들어오는 햇빛이 아침을 알렸고, 앨리는 숨을 헐떡이며 알람을 껐다.

　온몸은 땀으로 젖어 있었고 앨리는 이불을 박차고 침대에서 일어나 화장실로 향했다. 옷이 땀에 흠뻑 젖어 등에 달라붙어 있었기 때문에 찝찝함이 느껴졌다. 앨리는 화장실 거울을 보고 자신의 손에 금발 머리카락 몇 가닥이 붙어 있다는 것을 발견했고, 소리를 지르며 화장실 바닥에 넘어졌다.

　앨리는 손에 벌레가 앉은 것처럼 금색 머리카락을 털어냈고, 화장실 바닥에 떨어진 머리카락을 보고는 그제야 자신의 머리카락인 것을 알았다.

　그녀는 거울을 올려다보았고, 거울에 누군가 방금 쓴 것 같이 13:42:22 34.2라는 숫자가 쓰여 있는 것을 멍하니 쳐다보았다.

　그녀가 일어나 가까이 다가가자 거울에 쓰인 글자는 서서히 지워졌고, 거울에는 핏줄이 가득 선 눈으로 자기 자신을 쳐다보는 모습밖에는 없었다.

*

다음날, 카페에서도 어김없이 딜런과 같은 방향을 보고 앉아 커피를 마시고 있었다.

딜런은 어제 수염을 한참이나 깎지 않아 지저분해 보인다는 말을 하자 기르던 수염마저 전부 밀고 나타났고, 앨리는 어제보다 그의 컨디션이 더 좋아졌다는 느낌을 받았다.

그는 그녀의 말마다 맞장구를 치면서 웃어주었고, 앨리가 걱정했던 어제와는 달리 블루홀 여행을 가기 전으로 돌아온 것 같았다.

다른 사람에게 말하지 못한 것을 그녀에게 털어놓고 나니 한결 마음이 가벼워져서 그런 것 같았다.

"딜런… 이런 얘기를 다시 꺼내고 싶지는 않지만, 내가 블루홀 안에서 의식을 잃었을 때가 몇 시쯤이었어?"

그는 자신의 손목시계를 보며 골똘히 생각하는 듯 싶더니, 앨리를 보고 중얼거리듯이 말했다.

"제나의 실종을 알버트에게 들었을 때가 13시 5분

쯤… 그리고 블루홀의 밑바닥으로 들어가 잘 보이지 않는 동굴을 발견한 것까지 10분쯤 걸렸을 테고… 동굴로 들어간 것이 3분 정도… 거기서 제나를 찾는 데에 7~8분 정도가 지났을 거야. 그럼 13:25분쯤이 되었을 테고… 그때 돌아갈 양의 산소밖에 남지 않은 알버트가 돌아갔고, 우린 동굴 안에서 구멍 두 개를 발견해 왼편으로 들어갔고… 그때가 13시 30분쯤, 자기가 의식을 잃고 다시 작은 구멍에서 나왔을 때가 13시 40분이 조금 넘었을 거야…."

"딜런… 자꾸만 13시 40분 근처의 시간이 눈에 보여."

"…그게 무슨 말이야?"

화기애애한 분위기에서 다시 블루홀에 대한 말을 꺼내기 싫었지만, 앨리는 자꾸만 자신에게 보이는 숫자가 마음이 걸렸다.

딜런은 그녀의 예상 외로 그녀의 말에 관심을 보였고, 앨리는 잠시 망설이다가 말을 꺼냈다.

"어제… 자기가 오기 전에 카페에서 편지를 하나 발견했어, 아니… 그냥 카페 책상에 덩그러니 놓여 있었어…

내가 발견하는 것을 바라는 것 같이…"

"여기 카페?"

"그래… 지금 우리가 앉아있는 탁자 위에서… 맨날 여기에 앉잖아…."

"…무슨 내용이었는데?"

"내용이랄 것도 없이 그냥 숫자였어… 2주 전 블루홀에 들어간 시간을 표시하는… 나도 처음에는 우연이라고 생각했어. 그냥 누군가 약속 시간을 적어 놓은 쪽지일 거라고… 그런데 자꾸만 눈에 보여… 오늘 아침 욕실에서도… 그렇고…."

"앨리…."

"나도 알아… 너무 그날 있었던 일에 신경을 쓰고 있어서 그런 걸 거야."

2주 전의 이야기를 꺼내자 금세 분위기가 가라앉았고, 주변에서 시끄럽게 밤의 카페를 채우는 소리만이 둘 사이를 채웠다.

그녀는 그런 말을 꺼낸 것을 후회했다.

직장에서 있었던 일, 오늘 먹은 아침이나 휴가계획 같

은 이야기도 있었을 텐데 자신이 다시 끔찍한 기억을 떠오르게 해서 분위기를 망친 것 같았다.

오늘따라 카페에는 사람들이 가득했고, 저 뒤로 보이는 카운터에서도 쉬지 않고 손님들의 주문을 받고 있었다.

주황색으로 켜져 있는 은은한 조명은 카페 안을 가득 채우고 양복을 입은 직장인들과 노트북을 들고 앉아 있는 사람들로 만석을 이루고 있었다.

"앨리… 어쩌면 혹시…."

딜런이 그녀에게 하는 말을 자르고 그의 뒤에서 익숙한 목소리가 들렸다.

"딜런… 앨리 씨 잘 지냈어요? 전화 했는데 안 받으시더라구요."

갑작스런 알버트의 등장에 앨리는 놀란 표정을 지었지만, 딜런은 아무런 표정 변화가 없었다.

알버트는 제나와 같이 여기에서 몇 시간은 되는 거리에 살고 있었기 때문에 이곳에서 우연히 마주칠 일은 없었다. 아마 딜런과 미리 약속을 잡고 이 시간에 카페에 온 것 같았다. 그리고 그의 말로 인해 어제 그녀에게 부재중 전화를 건 것이 알버트임을 알게 되었다.

알버트는 특유의 활기참이 여전했지만 어딘지 모르게 그의 웃음에는 그늘이 있었다.

앨리는 그를 만나고 싶지 않았다.

2주 전 끔찍한 사고가 다시 떠오를 것 같았기 때문이었다.

그리고 그가 여기에 온 이유는 하나였다.

"…딜런, 40미터 이상 들어가려면 헬륨을 섞은 트라이믹스 기체를 사용해야 되고, 서포트 해주는 다이버에, 몇 십 번 이상 블루홀에 들어갔다 나온 강사까지 붙어야 들어갈 수 있다고 하더라고… 지형이나 흐르는 조류도 모르는 상태로 들어갈 수는 없으니까…."

예상대로 그는 딜런과 앨리의 앞에 앉아서 그들에게 제나를 찾으러 가지는 말을 꺼냈다.

앨리는 표정이 굳어졌고, 딜런 또한 테이블로 고개를 떨구고 탁자의 무늬만을 쳐다보고 있었다.

"무슨 일이 있어도… 제나의 시체만이라도 찾아내고 싶어… 딜런, 너도 나와 같은 생각이잖아? 그렇지?"

앨리는 당장이라도 딜런을 끌고 카페 밖으로 나오고 싶었지만, 딜런은 그의 말을 듣고 고민하고 있는 것 같았다.

앨리는 점점 그날을 잊어가고 있는데 중간에 와서 상처를 헤집으려 하는 그가 증오스러웠다.

딜런의 대답이 없자 알버트는 더 큰 소리로 그를 노려보며 말했다.

"딜런, 그때 날 막지 말았어야 했어. 난 제나를 구할 수 있었어. 산소를 나눠 마시면서라도 충분히 나갈 수 있었어."

앨리는 알버트의 말을 자르려 했지만, 딜런이 먼저 입을 열었다.

"알버트, 나도 제나를 찾아가고 싶고, 다시 저 깊은 곳에 들어가서 꺼내오고 싶어."

딜런의 표정은 진지했고 아무렇지 않게 말을 하는 것 같았지만, 앨리는 탁자 아래로 그의 손이 떨리는 것을 보았다.

"제나가 실종된 곳은 다이버들이 내려가는 코스가 아

니야⋯ 조류가 빨라서 아무도 가지 않는 곳이야⋯ 갔다가 다시 못 돌아올 수도 있어."

"알고 있어⋯ 위험한 것도 알고 들어간 거니까⋯ 그리고 제나를 찾을 가능성도 별로 없다는 것을 알아⋯ 그래도 죽는다면, 제나가 없어진 곳을 찾다가 죽고 싶어. 딜런, 만약에 앨리가 그곳에서 실종되었어도 찾으러 가지 않을 거야?"

알버트는 흥분을 가라앉히지 못하고 앨리와 딜런의 맞은편 의자에서 일어나 소리쳤다.

곧 그는 자신이 방금 꺼낸 말이 선을 넘은 것을 알았는지 바로 둘을 향해서 사과를 하고 한숨을 내쉬며 자리에 앉았다.

"⋯미안."

그가 낸 큰 소리에 주변에 카페 손님들의 이목이 집중되었고, 그가 목소리를 낮추자, 그들은 다시 고개를 돌렸다.

"알버트⋯ 진정해. 나도 너랑 같은 생각이고⋯ 무슨 말 하는지도 알아⋯ 그래서 너가 만나고 싶다고 말했을 때 약속을 잡은 거고… 미친 소리 같겠지만 앨리를 데리고 거기서 올라올 때 이상한 환상을 봤어. 수면 위로 올라가도 계속 블루홀의 밑바닥에 있는…."

"딜런! 나도 요즘에 꿈을 꿔, 매일 같이 제나가 나와서 도와달라는 꿈 말이야…."

"그건… 꿈이 아니었어. 알버트, 나는 몇 십 번을 앨리를 어깨에 매고 수면 위로 올라갔어. 그럼에도 나는 계속 검은 절벽 밑에서 위를 올려다 볼 뿐이었어."

"겨우 그런 잠수병 증세 때문에 제나를 구하지 않겠다는 거야? 그런 걸 처음 겪는 일도 아니잖아!"

"알버트, 너가 지금 무슨 생각하는지 알아… 그렇지만 지금 진지하게 말하는 거야. 솔직히 말해서 거기에 들어갔다간 다시 못 나올 것 같아… 나도 알아, 지금 내 동생의 시체를 찾으러 가자는데 두렵다고 말하고 있어. 이미… 제나의 시체는 깊은 바다로 밀려갔을 거야. 운이 좋아 그녀를 찾게 되더라도, 조류 때문에 다시 돌아올 수 없게 됐을지도 몰라… 알버트… 너무 무모하다는 거 너도 알잖아."

딜런은 그를 설득하려고 했지만, 제나를 잃은 알버트는 막무가내였다.

알버트는 다시 탁자를 치며 자리를 박차고 일어나 딜런에게 있는 대로 감정적인 말을 쏟아내었다.

"딜런, 그렇게 보지 않았는데… 너한테 제나를 맡기고 온 나한테 빈손으로 돌아온 것도 모자라 두렵다고 들어가지 않는다니… 언제부터 그딴 겁쟁이새끼가 된 거야, 죽은 제나도 통곡할 거야."

"너만 제나를 잃었어? 제나는 내 가족이야, 나도 지금 힘들어 미치겠어!"

이제 앨리는 둘의 문제라고 생각했기 때문에, 중간에 끼어들고 싶지 않아 고개를 숙이고 알버트가 탁자를 친 충격으로 인해 흔들리는 커피를 바라보았다.

"너가 어쩌든 상관없어, 난… 들어갈 거야."

"알버트!"

주변에서 둘의 시끄러운 논쟁을 쳐다보는 시선에도 불구하고, 알버트는 신경질적으로 의자에서 일어나 카페의 입구로 나가 버렸다.

딜런이 그의 이름을 불렀지만 알버트는 들은 척도 하지 않고 나가 버렸다.

"자기한테 말하지 않고 알버트를 만나고 싶지 않았어… 그한테 휘둘릴 것 같아서… 옆에 자기가 있으니까 좀 더 이성적으로 판단을 할 수 있었던 것 같아."

"…같이 가고 싶어?"

"…가야 할 이유도 있지만… 가지 말아야 할 이유도 확실하니까…."

그는 말을 그렇게 했지만 지금, 이 순간에도 제나를 구하러 가야 할 지 고민하고 있는 것 같았다.

앨리와 딜런도 얼마 뒤에 시끌벅적한 카페를 나왔고, 앨리는 딜런이 제나를 찾으러 갈 것이라는 느낌이 들었기 때문에 한 번 더 그에게 물었다.

"딜런… 제나를 찾으러 가지 않을 거야?"

"……."

그는 이번에는 대답을 피했고 말없이 그녀의 손을 '꽉' 쥐었다.

딜런은 그녀의 얼굴이 아니라 다른 곳을 쳐다보고 있

었고, 골똘히 알버트가 했던 말을 생각하는 것 같았다.

*

알버트는 신경질적으로 시동을 걸고, 카페 주차장에서 차를 몰고 나왔다.

알버트는 자신의 말이 좀 심한 감이 있다는 생각이 들었지만 그렇게 까지 말했음에도 제나를 찾으러 가지 않겠다고 말하는 딜런에게 서운했다.

그의 동생이자 자신의 배우자가 실종되었는데도 100미터까지 들어갈 수 있는 텍다이빙 경력이 있는 그가 들어간다고 말하질 않다니… 당연히 그가 먼저 같이 들어가 제나의 시체라도 찾자는 말을 할 것이라고 생각했기에 실망은 더 컸다.

강사에 서포트 다이버, 고가의 헬륨까지… 상당히 비싼 가격이었지만 어떻게든 제나의 시체라도 찾고 싶은 그에게 다이빙 비용은 상관이 없었다.

제나의 시체가 더 멀리 밀려가거나 부패된 상태로 찾

는 것이 싫었기 때문에 그는 장례를 치르고 다시 다합으로 가는 비행기 표를 예매했다.

이틀 뒤, 20일이 출발 예정이었고, 홀로 그녀를 찾는다는 게 가능할 것인지 의문이 들었다.

서포트 다이버는 수심 50미터까지만 들어오며, 베테랑 강사가 함께하겠지만, 동굴까지만 함께하고 조류가 강할 것이라고 예상되는 동굴 안의 오른쪽 구멍에는 같이 들어가지 않을 것이다.

"…제나!"

얼마 전, 그녀가 웨딩드레스를 입고 걸어오는 모습이 눈에 선했다. 제나는 솔직하고 어디로 튈지 모르는 성격이었다.

알버트는 레저를 그리 좋아하는 편이 아니었지만, 항상 제나한테 끌려다니며 지금까지 여러 곳을 다녔다.

그는 항상 그녀에게 레저를 즐기며 놀러 가는 것이 좋다는 말을 했지만, 사실은 그는 휴양지에서 칵테일을 마시면서 누워있는 것을 더 좋아했다.

단지 알버트는 그녀와 여행을 가는 것이 좋았다.

제나가 있기에 그는 더 많은 곳에 갈 수 있었고, 더 많은 경험을 할 수 있었다. 그녀로 인해 그의 삶은 더 활기차고 질이 높아졌던 것이다.

제나는 아마 신혼여행으로 다합에 갈 때도 그가 내색하지 않았기 때문에 레저를 별로 좋아하지 않는다는 것을 몰랐을 것이다.

그는 딜런이나 제나처럼 다이빙에 능숙하지는 않았고 경험도 적었지만 혼자라도 그녀를 찾아 다시 블루홀에 들어가야 했다.

그에게 있어 어둠으로 내려가 그녀의 시체라도 찾아오는 것이 그녀를 구하지 못한 생긴 죄책감을 더는 최소한의 방법이었다.

알버트는 어두운 도로를 달리고 있었고, 결혼식을 올리고 항상 같이 해야 할 그녀가 옆에 없다는 게 하늘이 야속하기만 했다.

그는 반드시 제나의 시체라도 찾아와 그녀가 관에서 쉴 수 있게 해줄 것이라는 다짐을 했다.

알버트는 제나가 없이 공항에 오는 것은 기억이 안 날 정도로 오랜만이라는 것을 알았다.

그는 이제 면세점을 둘러보는 것도, 밥을 챙겨먹는 것도, 하늘을 쳐다보면서 여행을 즐기는 것도 하지 않았다.

그의 유일한 관심사는 제나를 찾는 것이었고, 한 번 블루홀에 들어가서 그녀를 찾지 못 한다 해도 몇 번이고 내려갈 것이었다.

백여 명이나 되는 다합에서 죽은 다이버들의 시체는 그 검은 골짜기에 누워 있으며, 아무도 그곳에서 그들을 데리고 오려고 하지 않는다.

히말라야 같이 눈으로 덮여 있는 고산도 마찬가지이다.

그들의 비극에 애도를 표하지만, 가족들조차도 시체를 찾아 올 생각을 하지 않는다. 실종자들이 어디에서 죽었는지도 모를뿐더러, 그들을 찾다가 자신마저 돌아오지 못할 수도 있기 때문이다. 사람이 죽어 나가는 여행지에 발을 들이는 것은 그만큼 위험한 일이었다.

알버트는 출발하는 비행기 좌석에 앉아서, 에베레스트에서 실종된 아내를 찾기 위해 노인이 될 때까지 등산가 생활을 했다는 이가 떠올랐다.

기내식으로 제나와 같이 먹었던 토스트가 나오자, 그는 승무원이 음식을 치워 줄 때까지 한 입도 대지 않았다. 마음 같아서는 소리를 지르면서 엄청난 속도로 하늘을 가르는 비행기 밑으로 뛰어내리고 싶었다.

자기 자신이 그토록 무기력해 보일 수가 없었다.

그녀의 이름은 뇌리에 박혀서 가만히 앉아 있으면 '제나'라고 중얼거리고 있었다.

알버트는 잠을 청했다.

깨어있으면 한순간도 그녀의 생각에서 벗어날 수 없을 것 같았다.

멍하니 좁은 비행기 실내를 쳐다보면서 시간은 흘렀고, 알버트는 거의 모든 식사를 거부했다.

그가 제나에 대한 생각 속에서 허우적거리다가 일어났을 때는 그녀와 2주 전 왔던 이집트에 도착해 있었다.

그 후덥지근함이 느껴지자, 그녀를 찾지 못했을 때의

절망감이 올라와 다시 가슴에 퍼졌다.

알버트는 공항 앞의 계단에 쪼그려 앉아 멍하니 공항의 전경을 바라보았다.

관광객들은 즐겁게 웃으면서, 뜨거운 태양 밑으로 나가고 있었고, 그는 블루홀이 삼켜버린 제나를 생각하면서 홀로 덩그러니 남아 있었다.

알버트는 자신이 처음에 이집트에 왔을 때가 다시 한번 생각났기 때문에 고개를 돌렸다.

*

십여 분 뒤에 픽업차량이 왔다.

그는 호텔을 예약하지 않았다.

그렇지만 다이빙 숍에서 그가 바로 블루홀 안으로 들어가고 싶다는 말을 하자, 원래는 가까운 호텔에 픽업을 가지만 공항 쪽으로 데리러 가겠다고 말했다.

텍 다이빙은 강사와 서포트가 붙는 상당히 고가였고, 픽업 정도는 해주지 않을 이유가 없었다.

남색 트럭에서 내린 선글라스를 쓴 남자는 내리자마자 악수를 청하며 인사를 건넸다.

"제이든이라고 합니다, 알버트 씨… 맞으시죠?"

"…네, 물에는 바로 들어갈 수 있나요?"

알버트는 제이든을 만나자마자 바다에 들어갈 수 있는지 물어 보았고, 지금 그에게 제일 급한 일은 물에 들어가 제나의 흔적을 찾는 것이었다.

"네, 그럼요. 사정은 어느 정도 들었습니다. 2주 전에 장비만 빌려간 곳도 저희 가게 였으니까요… 제가 직접 대여해드린 건 아니지만… 일단 타시죠. 가서 산소통만 채우면 바로 들어가실 수 있을 겁니다."

자신을 제이든이라고 소개한 사장은 얼핏 봐도 탄탄하게 균형 잡힌 근육질 몸이라는 것이 보였고, 야자수가 그려진 하얀 하와이안 셔츠를 입고 있었다.

제이든은 트럭을 가리켰고, 알버트는 망설임 없이 남색 트럭의 조수석에 올라탔다. 그제야 몇 시간동안 아무것도 먹지 않은 허기가 올라왔지만, 그는 자기 자신이 직접 그린 블루홀 안의 지도를 보고 있었다.

이미 블루홀의 개략적인 지도는 있는 상태였지만, 저번에 제나가 들어간 곳은 조류가 빨라서 아직 정확히 어떤 구조인지 밝혀지지 않은 지형이었기 때문에 알버트는 자신이 생각나는 대로 스케치를 해서 가지고 있었다.

"저번 일은… 안타깝게 됐어요… 사실 저희 쪽에서… 좀 더 신경을 써드렸어야 했는데…."

"…아니에요."

저번의 사고로 장비를 잃었음에도 불구하고 가게에서는 별도의 요금을 받지 않았고, 장례식에도 화환을 보내주었기 때문에 제이든의 위로는 가볍게 들리지 않았다.

"이런 사고가… 매년 발생합니다. 초보자분들한테는 저희 강사가 붙어 다니니까 사고율이 없는 편이지만… 그쪽 일행처럼 다이빙 자격증도 있으신 분들한테도 갑작스런 조류는 예외가 아니니까요… 절벽에 있는 묘비도 단 한 명을 빼고는 전부 텍 다이빙 자격증이 있으신 분들이에요…."

알버트는 스케치에서 눈을 떼지 않았고, 트럭은 제나를 삼킨 블루홀로 이집트 해안을 끼고 달리며 알버트를 데려가고 있었다.

햇볕은 2주 전과 같이 따가웠고, 바닷바람은 제나를
잃은 그의 마음에 더 세차게 불어댔다.

"…저도 웨이트를 수거하느라 한 달에 몇 번은 내려가
지만, 절대로 원래 지나던 길이 아니면 다른 길은 가지
도 않고 쳐다보지도 않아요. 거기에 들어가 미로 같은
곳으로 나올지, 조류 때문에 갇혀 버릴지 모르니까요.
근데… 들어가면 안 된다는 것을 알면서도 매년 몇 명씩
빠져 죽거든요. 무언가 있는 것 같은 느낌조차 들어요.
저 안에 다이버들을 홀리는 것 말입니다…."

알버트는 그녀의 시체가 더 쓸려 내려가 버리지 않았
기를 기도하고 있었고, 조바심이 났으며 계속해서 손에
땀이 났다.

옆에서 떠드는 제이든의 말은 귀에 들어오지 않았다.

그리고 바보 같은 생각이지만, 그 구멍은 20미터밖에
안 되는 구멍이었고, 제나가 다른 출구로 나와서 해변위
로 올라와 어딘가의 병원에 누워 있는 것은 아닌가 하는
생각이 들었다.

그리고 그 순간 그의 전화벨이 울렸다.

핸드폰 화면에 나타난 번호는 익숙한 번호였고, 그는 잠시 망설이다가 통화버튼을 눌렀다.

"……"

알버트는 전화를 받고 먼저 말을 꺼내지 않았다.

걸려온 번호의 주인은 딜런이었고, 그에게 좋지 않은 말은 한 것이 아직까지 마음에 걸렸기 때문이다.

"…알버트, 지금 어디야?"

"…다합이야."

"결국 왔구나…."

"…네가 말렸어도 갔을 거야."

"나도 알아… 미안해. 제나를 찾으러 가는 건 나였어야 했는데…."

"딜런, 날 믿어. 그녀가 입고 있는 장비라도 가지고 올 테니."

"…조심해. 그럼 끊을 게…."

아마 딜런도 제나를 찾으러 오고 싶어 했을 것이라는 것을 알고 있었다. 하지만 블루홀의 밑바닥을 뒤지고 다니는 것은 단순한 다이빙이 아니었고 깊이도 깊을 뿐더러 알 수 없는 조류들이 흐르고 있을 것이다.

또 그에게는 앨리가 있었다. 그의 마음을 이해하지 못하는 것은 아니었고, 알버트는 딜런이 한 선택을 할 수 없는 것이라고 생각하고 싶었다.

그렇게 생각하니 얼마 전 카페에서 그에게 윽박지르며 몰아붙인 것이 후회되었다.

이제 바닷바람 사이로 해변이 저 멀리 보였고, 막상 다시 그곳에 들어갈 생각을 하니 몸이 떨려왔다.

그는 코앞까지 와서 망설이고 있었다.

블루홀의 위에서 그 빛이 들어오지 않아 검게 물든 밑을 바라보면, 그 장대함에 홀려 언제까지고 계속 쳐다보고 있을 것 같았다.

코앞에 장비를 대여해주는 가게가 있었고, 그를 떨리는 손을 애써 무시했다.

내리자마자 준비가 다 되어 있었다는 듯이 제이든은 그를 가게 안으로 안내했고, 젊은 여자와 나이가 있어 보이는 남자가 산소통에 가스를 넣고 있었다.

제이든은 그들을 오웬과 루카스라고 소개했고, 오웬은 루카스에게 가스를 주입하는 것을 맡기고 그에게 와서 악수를 건네었다.

그녀는 머리를 한줄기로 묶고 있었고, 상당히 젊어보였다. 실제 나이도 20대 초반인 것 같았다. 그렇지만, 오웬의 눈빛은 여유가 느껴지는 눈빛이었고, 그녀는 말할 때마다 제스처를 크게 취했다.

"오웬이에요. 밑에 동굴 안까지는 같이 들어갈 거예요. 그 이상은 미안하지만 안 돼요. 저도 더 들어가 본 적 있거든요… 깊은 곳에 가면 정신적인 박탈감이 들고 그런 느낌에 취해서 거의 죽을 뻔했거든요… 그리고 루카스는 50미터 정도 지점에 있다가 찾으시는 분을 발견하면 같이 도와주러 내려오실 거예요."

"…네, 고마워요."

"급하다고 얘기 들었어요… 가스만 다 주입되면 확인하고 바로 출발할 거예요, 지금 거의 가스를 다 넣었으니까, 조금 쉬고 계세요."

오웬은 렌탈 숍 카운터 옆에 있는 소파를 가리켰고,

알버트는 터벅터벅 걸어가 소파에 앉았다.

비행기에서 내려 바로 해변으로 이동했기 때문에 피로가 상당했다. 그러지만 바로 들어가서 제나의 흔적을 찾고 싶었다.

지금 그는 물에 몇 번 들어갈 돈밖에는 없었다. 급히 돈을 끌어 모아 오긴 했지만, 그에게는 그게 전부였고 가능하면 처음에 들어갔을 때 그녀를 찾고 싶었다.

그는 소파에 앉아서 스케치를 보면서 그녀가 들어갔던 동굴의 위치를 머릿속에 그렸지만, 기억이 가물가물했고, 지금 찾아가면 다시 그곳에 갈 수 있을지 의문이 들었다.

2주나 지난 후이기 때문에, 위치가 긴가민가했고 스케치를 해 놓았다고 해서 정확한 위치를 표시할 수 있었던 것도 아니었다.

물속에 있을 수 있는 시간도 한정되어 있는데 전적으로 그의 감에 의지해 제나가 갔던 곳으로 가야 했다.

루카스는 머리가 조금 흰색이 되어 있었지만, 군더더기 하나 없는 몸을 가지고 있었다. 그는 알버트에게 다가와 동그란 모양의 빵을 가져다주었다.

"사람 하나 끌어올리려면, 먹어둬야 될 거네."

"…감사합니다."

그는 카운터 옆에 있는 그물을 보여주었고, 알버트는
바로 빵을 입에 넣고 그물을 바라보았다. 그물은 고래를
끌어 올릴 정도로 굵고 컸다.

알버트는 배로 저 그물을 끌어 올릴 때는 저기에 제나
가 실려 있기를 바라고 있었다.

비행기에 타고 아무것도 먹지 않아서 허기가 졌기 때
문에 아무런 맛도 나지 않는 빵이지만 되는대로 입에 집
어넣었다.

그는 랜탈샵 밖으로 보이는 파도치는 바다를 가만히
쳐다보았다. 해변을 덮고 있는 파도를 보면서, 저런 온순
한 파도 밑에 제나가 빨려 들어갔다는 것이 믿기지가 않
았다.

*

앨리는 딜런이 다시 제나를 찾으러 블루홀로 들어가는 것이 싫었다. 어떻게든 그를 막고 싶었고, 제나 때문에 그까지 잃을 수도 있다는 생각에 이제는 그녀가 증오스러웠다.

죽어서까지 딜런과의 관계를 방해하는 것처럼 느껴졌다. 제나가 블루홀에서 나오지 못했다는 말을 들었을 때 놀랍고 안타깝기도 했지만, 얼마간의 기간이 지난 지금은 아무런 감정이 들지 않았다.

물론 생전에 그녀를 살갑게 대하진 않았고, 곁에 있으면 괜히 부담스러운 사람이었지만, 이제는 정말 일말의 감정도 남아 있지 않았다.

애초에 제나한테는 아무런 기대도 하지 않고 지냈다. 그녀에게 제나는 그 정도의 사람이었고, 그 정도의 의미밖에 없었다.

사람은 누구나 죽기 마련이고 그녀는 안타깝게도 조금 먼저 다가온 것뿐이었다.

그게 다였다.

그게 전부였고, 그렇게 떠나버린 것이다.

물론 그가 슬퍼하는 것이 이해되지 않는 것은 아니었다. 자신의 가족이 죽었어도 지금보다는 더 슬퍼했을 테니까 말이다.

딜런의 정신 상태도 좋아 보이지 않는데 그 칠흑 같은 어둠에 다시 들어가게 하고 싶지 않았다.

앨리는 자신이 멍하니 카페의 갈색 테이블을 바라보고 있다는 사실을 알았고, 시간을 보았다. 시간은 11시가 조금 넘어 있었고, 아직 딜런이 도착하지 않았다는 것을 알았다.

금발의 여직원은 어떤 커플의 주문을 받고 있었고, 창가 쪽에는 중년의 남성이 모자를 눌러쓰고 한손으로 신문을 대충 펴서 훑어보고 있었다.

주문을 하는 동안 커플은 서로 계속 장난을 쳤고 저 멀리 뒤에서 머리를 염색한 젊은 여자 둘이 흡연실에 들어가 막 담배를 태우려고 하고 있었다.

저번에도 비슷한 풍경을 본 적이 있었다는 생각이 들

었지만, 거의 매일 앨리는 딜런보다 빨리 들어와 그를 기다리기 때문에, 카페 안의 공간에 익숙해서 그런 생각을 한 것이라고 생각했다.

고개를 돌려 카페의 풍경을 보던 앨리는 설마 하는 마음으로 탁자 위로 시선을 돌렸고, 그곳에는 연갈색의 오래되어 보이는 편지봉투가 있었다.

편지봉투는 이틀 전 카페에서 발견한 편지봉투와 크기, 재질 카페 조명에 속이 비치는 것까지 똑같았다.

그녀는 떨리는 손으로 편지봉투를 천천히 펼쳤고, 거기에는 이제 익숙해진 숫자가 쓰여 있었다.

2019. 9. 3. 13:44:03 33.8

앨리는 그 저주스러운 숫자를 보고 놀라 손에 든 편지봉투를 나무무늬가 그려진 카페의 바닥에 떨어뜨렸고, 그녀의 옆에 카운터에서 주문하던 커플이 의자를 빼고 앉았다.

그녀는 눈동자만 돌려서 모자를 쓴 중년의 남자를 쳐

다보았다. 그는 신문을 접기 시작했고, 카페 주차장에 딜런의 차가 멈췄을 때, 남자는 자리에서 일어났다.

중년의 남자는 성큼성큼 설어서 카페를 나갔고, 곧이어 딜런이 들어왔다. 그는 수염이 덥수룩하게 자란 채였고, 앨리는 눈을 크게 뜨고 그의 얼굴만을 바라보고 있었다.

어제와 같이 남색 조끼를 입은 딜런은 아무 말 없이 자신의 얼굴을 쳐다보는 앨리를 보고 얼른 다가와 그녀의 옆으로 의자를 끌고 와서 앉았다.

앨리의 착각이 아니었다.

그녀는 이 광경을 전에 본 적이 있었다.

분명, 제나를 잃고 2주가 되는 날의 카페에서 말이다.

"앨리… 늦었지? 커피는 시켰어?"

"……."

그는 그녀의 이름을 부르며 앨리를 팔로 감쌌고, 제나를 잃어 힘든 상태임에도 불구하고 그녀의 기분을 풀어주려 애쓰는 것 같았다.

그렇지만 앨리는 그의 목소리가 전혀 귀에 들리지 않

았다.

앨리는 핸드폰을 꺼내어 시간을 보았고, 날짜는 9월 17일을 표시하고 있었다.

믿을 수 없었지만, 날짜는 하루 전을 표시했고, 핸드폰을 잡은 그녀의 손은 덜덜 떨리고 있었다.

"딜런… 최근에… 면도한 게 언제야?"

"면도? 요즘 면도를 안 한 지가 좀 됐어… 걱정하는 거 알아, 미안… 내일 아침에 일어나면 좀 깎을게."

딜런은 부자연스러운 그녀의 태도에 당황하면서 앨리가 지금 정상이 아니라는 생각이 들었다.

"그게… 아냐 오늘 나한테 무슨 말 하려고 했어?"

"…여기서? 커피… 시켰냐고?"

딜런은 대수롭지 않게 답했지만, 앨리는 진지한 표정으로 그의 핸드폰을 뺏어 화면을 보았다.

그의 핸드폰 화면에는 둘이 옷을 사러 간 날, 새 옷을 입고 탈의실 거울을 보고 찍은 사진이 있었다. 그리고 역시 9월 17일이라는 숫자가 선명하게 나타나 있었다.

자신의 핸드폰의 시간이 잘못 표시되지 않았다는 것

을 알자 그녀는 그 자리에서 겁에 질려 덜덜 떨고만 있었다.

만약 전날 잼을 사서 자기 전에 잼 뚜껑을 열고 잼을 막고 있는 얇은 막을 벗겨낸 뒤에 식빵에 잼을 발라먹고 잤다고 하자.

다음 날 아침에 일어나서 식빵을 먹으려고 잼 뚜껑을 열었는데, 분명 벗겨져서 휴지통에 들어가 있어야 할 막이 그대로 잼 위에 붙어 있다면, 어떻게 생각할까?

보통 이렇게 생각할 것이다.

자신이 기억하고 있는 막을 뜯은 것은 단순히 자신의 착각이라고 생각할 것이다.

좀 이상한 느낌이 들고 입에 어제 먹었던 잼의 맛이 남아 있지만, 막이 여전히 잼 위에 붙어 있는 것은 내가 잼을 따지 않았다는 뜻이니까 말이다.

잼에 있는 막 같은 것은 뭐 어찌 되든 좋을 일 이었다. 그렇지만 하루를 끝마친 뒤에 갑자기 어제의 한순간으로 돌아가면, 자신이 착각한 것이라고 생각하지 않을 것이다.

앨리는 혼란스러웠다.

2주 전의 사고와 그로 인한 스트레스로 중대한 착각을 하고 있는지도 모른다.

딜런이 면도를 하고 온 것도 자신의 상상일 뿐이고, 알버트가 제나를 찾으러 가자며 찾아온 것도 자신의 걱정에서 비롯한 망상일지도 모른다고 생각을 했다.

마치 어제 잼 뚜껑을 땄다고 생각하는 것처럼 말이다. 그러니까 자신이 17일에 카페에 온 것은 처음이라는 것이다.

왠지 모르게 익숙한 사람들과 딜런이 면도를 하고 온 것은 단순히 자신의 착각이라고 생각하고 싶었다. 만약에 자신의 착각이 아니고 잼 뚜껑을 열어서 맛을 본 것이라면, 어제의 딜런은 블루홀에서 나올 때 있었던 이야기를 할 것이다.

계속해서 아무리 수면 위로 올라오려고 애써도 블루홀의 깜깜한 골짜기 아래에 갇히는 환상을 보았다면서 말이다.

앨리는 의아하게 쳐다보는 딜런을 뒤로하고 카운터로

걸어가, 초콜릿이 들어간 커피와 아무것도 들어 있지 않은 커피를 시켰다.

일단 마음을 진정시켜야 했지만, 그녀의 직감은 무언가가 잘못되었다면서 요동치고 있었다.

앨리는 다시 자리로 돌아와 딜런의 옆에 앉아 그가 무슨 말을 꺼내는지 집중했고, 그를 쳐다보았다.

카페에 들어와 계속해서 씁쓸한 표정을 짓고 있던 딜런은 고개를 숙이고 말했다.

"…3분만 더 있었어도 제나를 찾을 수 있었어… 다른 구멍 쪽도 내려가 봤어야 했어…."

"딜런…."

그는 역시 제나에 대한 이야기를 꺼냈다.

여행을 다녀오고 늘 그녀에 대한 화제로 말을 했기 때문에 상관은 없었지만, 그는 곧 머릿속에서 호루라기 소리가 들린다는 말을 했다.

어제와 같이 말이다.

"머릿속에서 호루라기 소리가 멈추지 않아, 잘 때도… 일어나서도 호루라기 소리가 들려… 집을 아무리 뒤져도 호루라기 비슷한 것도 없는데…."

이제 그녀의 기억대로라면 그는 곧 앨리가 의식을 잃었을 때에 대해서 말할 것이다.

"처음에 동굴에 들어갔을 때는 몰랐는데… 너를 데리고 빠져나오려고 할 때…."

"동굴에 강한 하강조류가 흐르고 있다는 것을 알았지?"

"맞아… 의식을 잃은 자기와 나가려고 해도… 동굴 벽을 잡고 있는 것이 한계였어… 입구가 좁은 걸 보고 알았어야 했는데… 엄청난 수압이었어…."

"그리고 조금 기다리자… 수업이 잦아들었고…."

"어떻게 알았어? 의식이 있었던 거야?"

앨리는 무표정으로 있다가 그가 할 말을 말했고, 딜런은 놀라듯이 되물었다.

밖에 지나가는 차들의 불빛이 잠깐씩 그들이 앉아 있는 테이블로 들어왔고 딜런은 말을 이었다.

"동굴에서 나왔을 때, 미약한 녹색빛이 보였는데… 이미 힘이 빠진 상태에서 수면 위로 올라갈 수 있을지는 장담 못 하겠더라고… 그때 산소 수치를 봤는데 거의 바닥이었어… 동굴을 빠져나오느라 생각보다 더 많은 산소를 썼던 거야… 자기를 어깨에 올리고 계속 발을 저었어. 위에서 조금씩 내려오는 빛을 본 순간 그래도 여기서 나갈 수 있다는 생각이 들었거든… 그렇지만 아무리 지느러미를 저어도 수면과는 가까워지지 않았고 5미터 지점에서 쉬어갈 여유도 없었어… 그리고 수면으로 올라왔을 때…"

조용히 그의 말을 듣던 앨리는 딜런의 눈을 쳐다보았다. 그리고 웃음기 하나 없는 표정으로 그가 말을 다 맺기도 전에 끊어버렸다.

"다시… 수면 밑이었지?"

"내가 전에 이 얘기 해준 적 있던가?"

딜런은 그녀가 자신이 할 말을 전부 알고 있다는 것에 놀라 전에 자신이 그녀에게 이 이야기를 해주지 않았나 하는 생각을 했지만, 그녀를 포함에 아무한테도 이런 사실을 말하지 않았었다.

앨리는 이제 자신이 잼을 땄는데 따지 않았다는 착각

죽음의 바다   123

을 한 것이 아니라, 잼을 따서 식빵에 발라 먹었다는 사실을 알았다.

자신은 9월 18일 밤에서 17일로 갑작스레 돌아와 버린 것이다.

그녀는 혼란스러웠고, 카페 안의 물고기가 그려진 시계와 핸드폰 시계를 번갈아 쳐다보아도 답은 나오지 않았다.

"딜런 잘 들어… 전에 이 이야기를 해 준 게 아니야… 내가 이미 듣고 여기에 다시 온 거야."

"그게 무슨 말이야?"

"17일 날 나는 자기한테 지금 하는 말과 똑같은 말을 들었어. 그리고 18일 날 자기와 여기에 와서 알버트를 만났어. 그리고 카페에서 나갔다고 생각했는데 갑자기 오늘이 된 거야…."

"알버트 하고 내일 약속 잡았다는 건 어떻게 알았어? 그와 전화한 거야? 앨리, 나는 제나를 찾으러 가지 않을 거야… 그 얘기 때문이라면…."

"딜런, 그런 게 아니야… 나는 9월 18일 카페에 자기와 같이 있었어."

딜런은 걱정스러운 듯이 앨리를 바라보았다. 그리고 그녀의 이마를 만지면서 그녀가 열이 있는지 확인하였고, 앨리는 그의 손을 뿌리쳤다.

자기도 지금 자신이 하고 있는 이야기가 말도 안 되는 이야기라는 것을 알고 있었지만, 그렇게밖에 설명할 수 없었다.

갑작스레 무슨 이유인지는 모르겠지만 하루 전의 카페에 와 있었다.

"…앨리."

"무슨 말 할 줄 알아, 나도 안 믿겨져."

"앨리, 지금 자기가 너무 힘들어서 그래… 진정해."

딜런이 자신의 말을 믿지 않자, 앨리는 어이가 없다는 듯이 고개를 흔들고 카운터로 향했다.

그는 앨리를 잡으려 했지만 그녀가 재빨리 카운터 쪽으로 걸어갔기 때문에 그녀를 모습을 지켜보기만 했다.

"손님 거의 준비 다 되었습니다. 조금만 기다려 주세요."

눈을 치켜뜨고 오는 앨리의 모습에 카운터 직원은 놀

란 눈으로 그녀를 보고 말했다.

검은 앞치마를 두른 그녀는 막 커피 두 잔의 마지막 데코레이션을 하고 있었다.

"15분 전쯤에 탁자 위에 편지가 있었거든요… 그런데 아무리 봐도 찾을 수가 없어서요. 혹시 카메라를 돌려볼 수 없을까요?"

"분실한 거세요? 그럼 잠깐 이쪽으로 돌아오시겠어요?"

앨리는 직원의 옆에서 편지의 행방과 자신이 카페에 들어온 것을 확인하기 위해 같이 화면을 쳐다보았고, 딜런은 그런 앨리의 행동에 카운터 쪽을 쳐다보았다.

한참을 카메라를 돌려보던 앨리는 발이 차가워 밑을 바라보았다.

카운터 밑에는 물이 어디선가 흘러나와 그녀의 발을 적시고 있었고, 처음에는 싱크대를 잠그지 않아서 물이 나온 것이라고 생각했다.

그렇지만, 싱크대는 물이 흐르지 않았고, 신발까지밖에 흐르지 않던 물은 어디선가 밀려 들어와 그녀의 발목을 적시고, 넘실거리며 무릎까지 차올랐다.

옆에 서 있는 알바생은 아무렇지도 않게 감시카메라의 화면을 넘기고 있었다.

어디선가 들어온 물로 카페의 탁자와 의자가 모두 물에 젖어 잠겨갔고, 출렁거리는 물은 더욱 불어나 모든 것을 적셨다.

이 모든 것이 30초도 안 되는 순간에 일어났고, 앨리는 그의 이름을 불렀다.

"딜런!"

앨리는 그를 부르며 카운터에서 나가, 그가 앉아있는 탁자로 가려고 했지만 물은 사방에서 흘러 들어왔고 이제 물은 그녀의 허리 가까이 차올라 있었다.

딜런은 대답도 없이 물이 밀려들어오는 카페에 그대로 앉아 있었고, 다른 이들도 물이 그들을 덮치는데도 불구하고 미동도 하지 않고 그 자리에 있었다. 마치 그녀에게만 영향을 끼치는 듯이 말이다.

그녀는 지금 자신이 나쁜 꿈을 꾸고 있는 것이고, 어서 깨어났으면 좋겠다는 생각을 했다.

앨리는 물살에 넘어져 허우적거리며 이리저리 쓸려다니는 탁자와 움직이지 않는 사람들 틈에서 비명을 질렀다.

카페를 삼키고 있는 물은 곧 그녀를 물속에 담가버렸고, 물속에서 그녀는 눈을 뜨고 깜박거리는 카페의 조명 밑으로 카페를 둘러보았지만, 흐물거리는 시야에 아무것도 볼 수 없었다.

앨리는 팔다리를 움직였지만, 차가운 물속에서 아무런 느낌이 들지 않았다. 천장까지 차오른 물은 그녀가 들어갔었던 수중동굴처럼 가득 차올랐고, 입에서 짠맛이 났다.

앨리는 경련을 일으키며 점점 의식을 잃었고, 왠지 모르게 카페가 어둡다고 느껴졌다.

*

앨리는 탁자 위에 물을 토하며 기침을 했고, 딜런은 그런 그녀의 등을 어루만지고 셀프바에서 휴지를 가지고 와서 그녀의 입 주면을 닦아주었다.

"앨리 괜찮아…?"

"…딜런."

그녀는 딜런에게 눈을 감고 안겼고, 그에게 항상 나는 솜향 섬유유연제 냄새를 맡았다.

아직까지 입에서 짠맛이 났기 때문에 앨리는 얼굴을 찡그렸다.

그리고 그녀는 딜런의 품 안에서 그가 면도를 하지 않았다는 것을 알고 벌떡 일어나 주위를 둘러보았다. 매번 그들이 방문하는 카페의 풍경이 그녀의 눈앞에 펼쳐졌다.

커플과 대충 접흰 신문, 저 멀리 흡연실에서 담배를 피우며 깔깔대는 여자들과 금색머리의 알바생까지 그대로 있었다.

앨리는 설마 하는 마음에 주머니에서 핸드폰을 꺼내 보았고 손을 덜덜 떨며 핸드폰을 놓쳤다. 그녀는 지금 환각을 보고 있다는 생각이 들었고, 머리가 어지러웠다.

"앨리… 앨리? 정신 차려! 앨리!"

그녀를 부르는 소리는 저 멀리서 들리는 것 같았다.

앨리가 쳐다보고 있는 갈색 의자와 소파 그리고 곧게 자란 화분에 있는 식물은 밑으로 고꾸라졌다.

그녀는 뒤에 있는 의자를 향해 쓰러졌고, 딜런이 재빨리 그녀의 몸을 잡았기 때문에 바닥에 쓰러지지 않고 의자에 넘어지듯 앉게 되었다.

*

앨리는 다시 눈을 떴을 때는 카페가 아니라, 어디든지 다른 곳이었으면 좋겠다는 생각을 했다.

그녀는 생전 마약을 하거나 과음을 해서 기억이 날아갔던 적도 없었다. 당연히 하루 전으로 돌아간 것 같다거나 하는 이상한 경험을 한 적도 없었다.

그녀는 아주 오래전 부모님이 살아계셨을 적에 갔던 계곡이 생각났다.

어른들에게는 그리 수심이 높은 계곡이 아니었지만, 초등학교에 갓 들어간 그녀의 키보다 높은 곳도 있었다.

그렇지만 같이 온 친척들은 텐트에 누워 아이들에게는 아무런 신경을 쓰지 않고 있었다.

앨리는 갑자기 계곡의 건너편을 집고 오고 싶다는 생각을 했다. 무료함에 갑작스럽게 머리에서 떠오는 생각은 그녀가 어른들의 시야를 벗어나 계곡물로 들어가게 했다.

처음에는 그녀의 가슴까지밖에 오지 않았던 물은 계곡의 중심으로 갈수록 더 깊어졌고, 맞은편에 다다를 때쯤에는 고개를 최대한으로 들지 않으면 숨을 쉴 수 없을 정도였다.

그래도 그녀는 맞은편에 있는 나무의 잎사귀 하나를 꺾었고, 자랑스럽게 잎사귀를 가지고 반대편으로 돌아가려 했다.

그렇지만 반대편으로 돌아가려는 찰나 빠른 유속을 이기지 못하고 목까지 차오른 계곡 물에 빠졌고, '어푸어푸' 거리며 팔을 휘저으며 균형을 잡으려 했다.

다행이 곧 그녀는 계곡바닥을 밟으며 균형을 잡았고, 아무렇지 않은 듯이 텐트가 쳐진 곳으로 돌아왔다.

그때까지 그녀가 없어진 것을 아무도 모르고 있었다.

지금 생각해보면, 위험천만한 일이었지만, 그때 당시에는 아무런 생각도 들지 않았다. 단순히 호기심이 일었기에 한 행동이었고 작은 모험이라는 생각만 했다.

그날 이후 나이를 먹고 이때의 일을 생각하면 자신이죽을 고비에서 벗어났다는 것을 알았다. 운이 나빠서 발이 닿지 않을 정도로 깊었다면, 그녀는 지금 이 자리에없을 수도 있는 것이었다.

그녀가 위험한 레저를 즐기지 않는 것은 그때부터, 자신이 모르는 사이에 죽을 고비를 넘어왔다는 자각을 하고 나서부터였던 것 같다.

딜런을 만나고 그가 레저를 좋아한다는 것을 알았지만, 그와 같이 절벽에 오르거나 바다에 들어가는 여행에 함께하지 않았다.

정확하게 말하면 그녀는 레저를 혐오할 정도로 싫어했다. 갑자기 취미로 하던 일로 목숨을 잃으면 그것만큼허무한 것이 없다는 생각을 했던 것이다.

그리고 사랑하는 사람을 레저 때문에 잃게 된 걸 받

아들인다는 것은 상상도 하기 싫었다.

그 때문에 딜런에게 놀러가는 빈도를 좀 줄이라는 말을 했지만, 그녀의 앞에서만 고개를 끄덕이고는 전혀 그만 둘 생각을 하지 않았다.

자신이 하는 취미를 배우자 때문에 하지 못하는 것 또한 불합리하다는 생각을 했기 때문에 그를 이해해 보려고 했지만, 아무리 생각해도 썩 유쾌하지 않은 일이었다.

*

시야는 어두웠고 가슴은 답답했다.

그녀가 눈을 떠서 본 것은 매끈한 하얀 천장에 하얀 전등이 켜진 병실이었다. 앨리는 일어나서 본 천장이 카페의 천장이 아니라는 것에 대해 안도했다.

오른쪽 팔에는 링거가 꽂혀 있었고, 그녀의 옷은 환자복으로 갈아 입혀져 있었다.

그녀는 눈을 비비고 일어나 주변을 둘러보았다.

창문에 건물들의 옥상이 보이는 것으로 보아 병원의

고층인 것 같았다.

날은 밝았고, 그 옆에 보호자들이 쉴 수 있게 만들어
둔 간이침대에는 딜런이 웅크리고 자고 있었다. 앨리는
자신의 이불을 내려 그의 몸에 덮어주었고, 오른쪽 선반
위에 올려져 있는 자신의 핸드폰을 켰다.

그새 하루가 지나 9월 18일을 표시하고 있었고, 그 뒤
로 보이는 딜런과 함께 웃으며 찍은 셀프 사진을 한동안
바라보았다.

잠시 후, 딜런이 간이침대에서 일어났기 때문에, 앨리
는 그에게로 시선을 돌렸다.

그는 게슴츠레한 눈으로 그녀를 쳐다보더니, 손을 올
려 앨리의 뺨을 어루만졌다.

다시 9월 17일의 카페로 돌아가지는 않은 것 같았다.

"…앨리 직장에서 전화 왔었어."

"연차… 남아있으니까 자동으로 써질 거야."

"놀랐어… 갑자기 쓰러져버리고… 바로 응급실로 차를
몰고 데려갔어. 여기 들어와서 제발 진료해달라고 소리
를 쳐댔고… 무슨 일이 있었던 거야?"

"…걱정하게 한 것 같아서… 미안해."

"뭐… 아무런 이상도 없다고 하니까… 물을 토했다고 했더니 위 내시경을 했는데, 위에 염분이 차서 소화가 잘 안 될 뿐이고, 다른 이상은 없대. 며칠간은 위에 부담을 주지 않는 걸로 먹으라고 그러고…."

"딜런, 이틀 간 정말 이상한 경험을 많이 했어… 자기가 전에 말해 줬던 거 있잖아… 수면 위로 올라가도 여전히 밑에 있었다는 얘기… 무슨 기분인 줄 알 것 같아."

"아무래도 잠수병이 심하게 오면 그렇게 느낄 수도 있어… 사실은 2미터 정도밖에 올라가지 않았는데, 20미터를 올라갔다고 생각하게 되는 거지… 이제 기억도 잘 안 나. 그런 말을 했다는 게 바보 같고… 점점 내가 환각을 본 것이라는 생각이 들어."

앨리는 머리가 띵했기 때문에 잠깐 인상을 쓰고 침대에 앉아서 말을 이었다.

"딜런… 있잖아… 18일 저녁 자기 차를 타고 집으로 가고 있는 걸 기억하고 있는데, 어느 샌가 전날의 카페로 돌아와 있었어… 나도 제 정신이 아닌 것 같아… 그

때의 피로에서 아직 벗어나질 못한 거야… 그래도 내일
은 다시 나가야겠지만….”

“앨리… 좀 더 쉬어. 휴가 더 있잖아. 사정을 말하면
이해….”

“그렇게 나 자신한테 관대하게 굴고 싶지 않아. 그리
고 오늘 나가지 않아서 생긴 일도 다 처리해야 하고… 나
가는 게 마음 편해.”

딜런은 일어나 알았다는 듯 그녀의 머리 위에 잠시 손
을 대며 미소를 짓고는 퇴원 수속을 밟는다는 말과 함
께 문을 열고 병실에서 나갔다.

병실은 2인실이었고, 딜런이 민감한 앨리를 신경 써서
일부러 2인실에 입원시킨 것 같았다. 병실에 덩그러니
남은 앨리는 햇볕이 비추고 있는 창가를 물끄러미 바라
보았다.

맹장 수술 때문에 어렸을 적 잠깐 병원에 입원한 적은
있었으나, 독립을 하고 나서 병원에 오는 것은 건강검진
을 할 때 방문한 것을 제외하면 처음이었다.

그녀의 시야에 있는 꽃병의 꽃은 물에 담가 놓았어도

이제 시들을 때가 되었는지 보라색 꽃잎을 하나둘씩 떨구고 고개를 처박고 있었다.

그녀는 두려웠다.

어제 오늘 있었던 일들이 꿈인지 현실인지도 구분할수 없었고, 자신이 피로해서 환상을 본 것인지 아니면 정말로 하루 전으로 돌아간 것인지도 모르겠다는 생각을 했다.

하루 전으로 돌아갔다는 것은 단순히 자신이 착각한것이라고 생각하고 싶었지만 입에서 났던 짠맛은 아직도 잊을 수 없게 그녀의 혀 안쪽에서 맴돌고 있었다.

딜런은 얼마 지나지 않아 사물함에서 그녀의 옷을 들고 왔고, 앨리는 옷을 입혀달라고 했다.

몇 년 전, 대학생활을 할 때, 앨리는 같은 학과에서 만난 딜런과 졸업할 때까지 같이 생활했다.

강의시간이 되고도 잘 일어나지 않았던 앨리는 딜런에게 옷을 입혀주면 간다는 말을 하곤 했다.

딜런은 어이가 없다는 듯이 웃고 아직 그 버릇 못 고쳤다는 말을 하면서 발을 뻗고 있는 그녀에게 바지를 입혀주었다.

"…전에는 잘만 해주더니… 이제는 해달라고 해야지 해주는 거야?"

"나중에 애가 생기면 결혼할 때까지 내가 옷을 입혀 줬다고 말해 주겠어."

"결혼하면 안 해 줄 거야?"

"…진심으로 하는 말 아니지?

오랜만에 앨리는 딜런과 화기애애한 분위기로 병실을 나왔고, 앨리는 딜런에게 병원비를 보내주겠다고 했지만, 그는 손사래를 치며 거절했다.

제나가 사고를 당하고 나서 이런 분위기는 간만이었다. 블루홀에 다녀오고 그와 이야기를 할 때면 차가웠고 잘 웃지도 않았다. 마치 보이지 않는 벽을 두르고 숨어 버린 것 같은 느낌이 들었다.

다시 얼마 전, 밤의 카페에서 수다만 떨어도 즐겁던 시절로 돌아간 것 같은 느낌이 들었다.

앨리는 딜런이 제나를 찾으러 가지 않았으면 했고, 그녀가 말을 꺼내기 전에 그에게서 먼저 제나를 찾으러 가지 않겠다는 말이 나오는 걸 바라고 있었다.

그녀는 딜런에게 기대서 걸으며 조용하지만 담담한 어조로 말했다.

"딜런, 이미 들었겠지만, 알버트가 제나를 찾으러 가자는 말을 했을 거야."

딜런은 알버트에 대한 말을 아직 앨리에게 하지 않았기 때문에, 병원 엘리베이터를 잡으려 호출 버튼을 누르다가 흠칫 놀라 그녀를 바라보았다.

그는 그녀의 말이 사실인 듯 아무런 대꾸도 하지 않았지만, 무언으로 긍정하고 있었다.

"난 자기를… 잃고 싶지 않아… 다시 그곳에 내려간다면 자기는 죽을 거야."

딜런은 그녀의 말을 한동안 생각하는 듯 엘리베이터의 문이 닫히고 1층으로 내려갈 때도 층수가 쓰여 있는 버튼만을 쳐다보고 있었다.

엘리베이터를 나가 그들은 병원의 복도를 걸어갔고, 그곳에는 환자복을 입은 사람들과 면회를 온 가족들로 북적였다.

그들은 사람들이 번잡하게 움직이는 병원을 빠져나왔고, 주차장에 주차된 딜런의 차에 올라탔다. 앨리는 그렇게 병실에서 오래 잤는데도 피로해서 머리가 핑 돌았고 자리에 앉자마자 눈을 감고 쉬고 싶었다.

그의 차는 곧 병원의 주차장을 천천히 빠져나왔고, 앨리는 안전벤트를 매고, 운전을 하는 딜런을 쳐다보았다.

딜런은 생각을 다 정리하지는 못했지만, 앨리가 답을 기다리고 있다는 것을 알았기 때문에 운전석 창문에 시선을 고정하고 그녀에게 말했다.

"솔직히 말해서… 나도 제나를 구하러 가고 싶어… 알버트를 혼자 보내면 분명 위험할 거야…."

"딜런…."

그의 말은 처음에는 제나를 찾으러 가고 싶다고 시작했지만 이어지는 말은 달랐다.

"내가 자기가 하지 말라는 것을 무시하고 많이 했지만, 그래도 이번만큼은… 가지 않아야 한다고 생각해."

"…진심이야? 딜런… 난 갑자기 자기가 어느 날 이집트로 제나를 찾으러 떠난다고 할까봐 두려워… 가지 않앞으면 좋겠어… 만약 마음이 바뀌어 가고 싶고, 가야 한다는 결론을 내려도… 나한테 말을 하고 가줘….”

딜런은 마음을 돌려 그녀에게 제나를 찾으러 가지 않겠다는 말을 했지만, 앨리는 이미 고개를 돌려 창밖을 보고 있었다.

그는 그녀의 눈을 보지 않았음에도 불구하고 눈에 체념의 빛이 가득하리라는 것을 알았다. 앨리는 자신이 제나를 찾으러 가지 않는다는 말을 믿지 않는 것이었다.

지금까지 제나나 알버트와 같이 가는 레저를 줄이겠다는 말을 하고는 전혀 그러지 않았듯이, 지금 그녀의 앞에서 가지 않는다는 말을 해도, 앨리는 그가 갑자기 떠나버릴 것이라고 생각하는 것 같았다.

실제로도 방금 전까지만 해도 알버트와 둘이서 제나를 찾으러 갈 생각을 하고 있었다.

딜런은 이미 체념하고 그를 놓으려는 앨리의 모습을 보면서 그동안의 행동을 반성했다.

자신이 레저를 하러 나가면 앨리는 홀로 집에 있었을 테고 그 시간은 연애기간이 길어짐에 따라 자연스레 늘어났을 것이다.

"이번만큼은 정말 가지 않을게…."

그녀는 그의 말을 듣고 창밖을 바라보고 있다가 얼굴을 딜런에게 돌렸다.

"약속할게… 앨리. 사실 제나가 그렇게 된 이후, 레저를 생각하고 싶지도 않아…."

"딜런… 고마워…."

지금까지 이런 이야기가 나오면 그는 말을 돌리면서 대충 넘어가려고 하기 바빴다.

딜런이 진중한 어조로 약속한다고까지 했기 때문에 앨리는 밝게 웃으며 딜런의 손을 잡았다. 그는 진즉에 그녀와 시간을 같이 보낼 걸 하고 후회했다.

"오늘은 자기네 집으로 갈까? 오랜만에 방도 치워주고…."

"음, 그건 안 되겠는데?"

"왜? 다른 여잘 방 안에 숨겨놨어?"

"지금 전화해야겠어, 얼른 숨으라고."

딜런의 차는 골목을 빠져나와 곧 큰 도로를 달렸고,

앨리는 그가 자신에게 관심을 기울여 주고 있다는 느낌이 들었다.

그의 옆모습은 오늘따라 듬직했고, 자신의 말에 따라준다고 말하는 그가 고마웠다. 또 낮에 그의 집에 같이 가서 쉴 생각을 하니 괜히 기분이 들떴다.

"자기 집에 가는 것도 정말 오랜만이네…"

앨리는 한낮의 도로를 달라고 있는 차가 덜컹거리는 것을 느끼면서 의식이 멀어져 갔다.

아무리 병원에서 잤어도 머리가 띵했고, 최근 들어 충분한 휴식을 취하지 못했다는 생각도 들었다. 그의 집에 가서도 그와 침대에 누워 하루 종일 푹 쉬어야겠다는 생각을 했다.

딜런은 앨리가 말을 하지 않자, 운전을 하면서 몇 번 그녀의 모습을 쳐다보았고, 졸린 표정으로 눈을 깜박이며 졸고 있는 앨리에게 더 이상 말을 걸지 않았다.

*

"앨리… 내말 듣고 있는 거야? 앨리?"

"미안해, 딜런. 잠시 딴 생각하고 있었어, 도착했어?"

"그건 무슨 말이야? 아직 주문 안했다면서, 뭐 마실 거야? 초콜릿 들어간 거 먹을 거지?"

"뭐…? 음… 그거야 그걸로 부탁해."

딜런은 와이셔츠에 파란색 조끼를 입고 있었고, 그녀가 그의 차에서 잠이 들기 전 입고 있던 조끼였다.

그는 자리에서 일어나 금발 종업원에게 주문을 하러 갔고, 그녀는 주위를 둘러보았다.

앨리가 있는 곳은 그와 자주 가던 카페였다.

차를 돌려 카페로 왔나 싶었지만, 분위기가 이상했다. 조금 전까지 낮이었을 테지만, 창문 밖에는 어둠이 깔려 있었고, 카페에는 은은한 조명이 켜져 있었다. 그리고 그녀의 옆에 있는 자리에는 한 커플이 장난을 치면서 시끄럽게 웃고 있었다.

그녀는 또다시 펼쳐진 이 광경을 믿을 수가 없었다.

주머니에 들어 있는 핸드폰을 꺼내면서 제발 9월 17일이 아니기를 기도하고 있었다.

핸드폰에는 2019년 9월 3일 13:45:32 33.0이라는 숫자가 나타났고, 주문을 하고 돌아온 딜런을 쳐다본 후, 다시 화면을 보았더니 9월 17일이 선명하게 표시되어 있었다.

그녀는 숨을 크게 모아 쉬고 바로 자리를 박차고 일어나 딜런을 제치고 바로 카페 밖으로 달려갔다.

딜런은 당황한 듯이 그녀를 불렀지만, 그녀는 이미 문밖을 나서 어둠 속을 달려 나가고 있었다.

그녀는 지옥 같은 함정에서 허우적거리고 있었다.

"이게… 진짜일 리 없어… 이건 악몽이야… 악몽이라고…."

방금까지 그녀는 딜런의 차 안에서 눈을 감고 있을 것인데 또다시 9월 17일의 카페에 돌아와 있었다.

그녀는 어두운 공기를 가르는 딜런의 목소리가 들리지 않을 때까지 가로등이 간간이 켜진 어두운 도로를 달리고 또 달렸다.

그의 차가 쫓아오면 금세 따라잡히겠지만, 그는 앨리가 간 방향을 모르는지 쫓아오지 않는 것 같았다. 더 움직인다면 심장이 터질 것이라 생각할 때까지 달린 그녀는 바닥에 엎드리듯이 주저앉았다.

그가 엎드릴 때 튕겨져 나온 핸드폰은 11시 13분을 표시하고 있었다.

앨리는 숨을 헥헥 거리며 빠르게 쉬었고 딜런에게서 전화가 왔지만 받고 싶지 않았기 때문에 도로 핸드폰을 주워서 주머니에 넣었다.

그리고 엎드린 그녀의 앞에는 도로의 차선을 표시하는 하얀 페인트로 2019. 9. 3 13:47:34 32.8이라는 숫자가 쓰여 있었다.

그녀는 더 이상 그 숫자들에서 도망갈 수 없다는 것을 알았다. 차들이 간간이 불을 밝히고 지나가는 도로에서 멍하니 도로 위를 보면서 앉아 있었다.

다시 9월 17일로 돌아와 버렸고, 돌아오기 전 마지막 기억을 머릿속에서 뒤졌지만, 그의 차에서 잠든 후에는 아무런 기억이 나질 않았다.

머리가 띵했고, 걷고 있지 않음에도 속이 메스꺼웠다. 그리고 왠지 모르게 입안에서 짠맛이 느껴지는 것 같았다.

한참을 그렇게 차가운 콘크리트바닥에 앉아 있던 그녀는 '터벅터벅' 집 방향으로 발걸음을 옮기기 시작했다.

내일이 지나기 전에 또다시 과거로 돌아가 버리는 걸까?

앨리는 9월 17일에 갇힌 자신에게 나타나는 의문의 숫자에 대해서 생각을 했다.

날짜는 그녀가 딜런과 함께 제나와 알버트의 신혼여행에 따라가 블루홀에 몸을 담근 시간이었고, 13시 40분경 이후에는 그녀가 의식을 잃은 시간이었다.

앨리는 어서 집에 들어가 침대에 눕고 싶었고, 자기 자신의 컨디션이 좋지 않은 것을 본인도 알고 있었다.

그녀의 자취방에서 카페까지의 거리는 10분 정도였고, 한참을 걷자 저 멀리 그녀가 사는 오피스텔이 보였다.

불이 꺼진 가로등 밑으로 앨리는 힘없이 걸어갔고 저 멀리 보이는 화려한 빌딩들을 바라보았다.

몇 달 후 가을에 딜런과 결혼하게 된다면, 그녀의 20대

중반을 함께한 방과 작별이었다. 약간 아쉬운 생각도 들었지만, 지금은 그런 것을 생각하고 있을 때가 아니었다.

오늘 잠자리에 누우면 다시 카페에서 눈을 뜨게 될지도 모른다. 그렇게 고대하던 아파트에서 살림을 차려 딜런과 같이 지낼 수 있게 되었는데 9월 17일에 갇혀 허우적대고 있는 것이다.

앨리는 익숙한 번호판의 차량이 그녀의 오피스텔 앞에 서 있는 것을 발견함과 동시에 차에서 딜런이 뛰어나오는 것을 보았다.

그는 앨리를 보더니 아무런 망설임 없이 그녀를 안았다. 아마도 카페에서 갑자기 뛰어나간 그녀를 찾다가 발견하지 못하자 그녀의 집 앞으로 온 것이었다.

"앨리… 말을 해 봐… 무슨 일이 있는 거야? 갑자기 왜 그러는 거야?"

"……."

딜런은 걱정스러운 얼굴로 그녀에게 물었지만, 정신이 몽롱한 앨리는 아무런 말도 하지 않았다.

그들의 위에서 가로등이 연극의 주인공인 마냥 주황

색 불빛을 비추었고, 앨리가 아무 말도 하지 않자, 딜런은 앨리의 손을 잡고 계단을 올라 그녀의 집 안으로 들어갔다.

딜런은 앨리의 오피스텔 열쇠를 가지고 있었기 때문에 그의 열쇠로 문을 열었고, 앨리는 아무 말 없이 부엌으로 들어가 주전자를 가스레인지 위에 올렸다.

앨리는 믹스커피를 커피 잔 두 개에 담고 물을 부어 그의 앞에 내 왔고, 그는 먼지가 쌓인 오래된 탁자에 커피 잔을 올렸다.

앨리의 안색은 창백했고 핏기가 하나도 없었다.

"…추워?"

"……."

딜런은 몸을 떨고 있는 앨리를 보고 바로 그녀의 침실에서 이불을 가져와 그녀에게 둘러 주었다.

이불을 둘러도 그녀의 피부는 차가웠고, 입술은 부르터 있었다.

그녀를 안타깝게 바라보던 딜런도 커피를 마시지 않고 한기가 도는 그녀의 손을 잡은 채 말을 꺼냈다.

"앨리… 지금 컨디션이 좋지 않아 보여…."

"나도… 알아 딜런, 나… 얼마 남지 않은 것 같아."

딜런은 얼마 남지 않았다는 소리를 듣고는 놀란 듯 그녀를 보고 말했다.

"무슨 소리야, 나한테 말하지 않은 병이라도 있어?"

그는 진지한 얼굴로 앨리의 머릿결을 넘겼고, 앨리는 그걸 신호로 딜런에게 기대며 쓰러졌다.

그녀의 방에 있는 조명이 깜박거렸고, 방에서 한기가 느껴졌다.

"당장 응급실로 가야 해."

딜런을 그녀를 번쩍 들고 나가려고 했고, 앨리는 무표정한 얼굴로 그에게 말했다.

그는 그녀를 드는 것을 포기하고 조용히 말하는 앨리의 얼굴 가까이로 다가왔다.

"소용없어…."

"아니야, 앨리. 병원에 가서 진찰받으면 나아질 거야."

"그게 아니야… 딜런… 나 계속 숫자에 대해서 생각해봤어… 제나가 죽고 나서 계속 내 시야를 스쳐 간 숫자들…

딜런은 앨리의 숨이 가늘어지자 안 되겠는지 그녀를 번쩍 안아 들고 현관을 발로 걷어차 거칠게 열었다. 그리고 계단으로 그녀를 든 채로 미친 듯이 내려갔다.

그는 앨리가 지금 쇼크 상태이기 때문에 이상한 소리를 하는 것이라고 생각했다.

그녀의 집에 있던 파란색 슬리퍼를 대충 신고 계단을 내려갔고 사이즈가 맞지 않아 발이 아팠지만 그런 것 따위는 상관없었다.

"앨리… 조금만 참아."

"딜런… 조류가 센 동굴에서 나와 올라갈 때… 자세하게 기억나?"

딜런은 대답하지 못했고 계단을 내려가다 멈추어 그녀의 얼굴을 쳐다보았고, 그의 기억에도 그녀를 안고 나온 블루홀 밖으로 나온 것이 생각이 나질 않았다.

앨리는 크게 기침을 했고 붉은 선혈이 튀어나와 그녀의 가슴팍을 적셔갔다.

"내려줘… 딜런."

"앨리…. 안 돼…."

딜런의 그녀가 피를 쏟는 것을 보고 절규했고, 앨리는 작은 소리로 신음을 내뱉었다.

그는 계단과 계단 사이의 공간에 앨리를 뉘였고, 그녀는 눈을 가늘게 뜨고 있었다.

층계와 층계 사이의 그림자가 그들을 서서히 에워싸는 것 같았고, 움직임을 감지하여 불이 켜지는 센서가 곧 시간이 되어 꺼질 것이었다.

딜런은 걱정스러운 듯 앨리의 앞머리를 쓸어내리며 소리를 쳤지만, 그녀의 숨결은 약해져만 갔다.

잠시 후, 시간이 지나 불이 꺼졌을 때는 그 어둠 속에 아무도 남아 있지 않았다.

*

알버트는 랜탈샵 소파에 앉아 다이빙 슈트를 입고, 자신이 블루홀의 내부를 스케치한 것을 진지한 표정으로 들여다보고 있었다.

아무리 스케치한 블루홀의 도면을 들여다봐도 제나가 들어갔다고 추정되는 두 번째 동굴 외에 어떤 곳을 확인해야 할지 감이 잡히지 않았다.

가게는 그를 제외하고도 관광을 온 사람들로 북적거리고 있었고 제이든이 그들을 접객하고 있었다.

산소통의 기체의 테스트를 전부 끝낸 오웬은 블루홀의 지도를 들고 그에게로 나가왔다.

그녀는 알버트에게 지도를 건네주며 말했다.

"짐작한 곳에서 아무것도 못 찾으시면 조류에 쓸려갔을 가능성이 커요. 그럴 경우 정상 코스 100미터 지점까지 들어가서 수색할 게요… 거기 한번 보시면… 보고 싶지 않으실 거예요."

알버트는 고맙다는 말을 하고 일어나서 루카스가 메어주는 산소통을 어깨에 메었다.

그는 오웬이 하는 말이 무슨 뜻인 줄 알고 있었다.

아마 100미터 지점을 넘어갈 즈음에 조류로 인해 쓸려온 다이버들의 사체가 있을 것이었다. 사체와 같이 물에 잠겨 있다는 것이 끔찍했지만 제나를 찾아 그곳에서 끌어올려야 했다.

"무슨 일이 생기면 바로 지체 없이 위로 올라갈 거예요. 저희가 100미터 다이빙 장비가 있는 거지 전문 수색 장비가 있는 것이 아니니까요…"

"그거면 됐어요… 감사해요, 찾을 가능성이 있으면 가보고 싶어요."

알버트의 말은 담담했지만 슬픈 감정을 숨기는 기색이 역력했고, 오웬도 더 이상 그에게 위로의 말 같은 것은 건네지 않았다.

이제 세 명은 다이빙 숍에서 나와 서서히 다합의 거친 해변을 지나 바닷물 속으로 들어갔다.

하늘은 알버트의 기분과는 딴판으로 맑았고, 다합의 바다를 보러온 현지인과 관광객들은 웃으면서 서핑과 스노클링을 즐기고 있었다.

파도는 잔잔했지만, 그 안에 무서운 것이 그들을 기다리고 있는 것 같았다.

알버트는 저 앞에서 입을 벌리고 다시 오기를 기다리는 구멍이 두려웠다.

2주 후에 다시 본 블루홀의 위용은 보는 것만으로 다리가 풀리는 것 같았다. 멀리서 불어오는 바닷바람에 죽은 다이버들의 시취가 올라오는 것 같았다.

알버트는 이를 악물고 공포를 억누르며 물을 향해 걸어갔고 물살은 기다렸다는 듯이 그를 감싸 안았다. 딜런이 블루홀에 다시 들어가고 싶지 않다고 한 이유를 알 것 같았다.

곧 심연이 이를 드러내고 있는 곳으로 빠져들고 있었고, 그의 몸을 바닷물이 덮어버리고 있었다.

다합의 바다 속은 여전히 물고기와 산호들로 아름다움을 뽐내고 있었지만, 전에 다합의 경치를 보았을 때 느꼈던 감동은 전혀 느껴지지 않았다.

이제는 바다가 죽음의 냄새가 가득한 무덤같이 느껴졌다.

이제 그들은 무덤을 파헤치러 가는 중이고 블루홀이 그에 분노해 그들을 가둬두려 할지도 모른다는 생각이 들었다.

루카스는 앞장서서 지느러미로 물살을 가르며 익숙한

몸놀림으로 블루홀의 밑으로 거침없이 잠수해갔고, 오
웬과 알버트는 그를 따라 제나를 삼킨 구멍의 안으로 조
금씩 들어갔다.

입구에 들어선 순간 약한 하강조류가 그들을 휘감았
고, 이 이상 들어오지 말라는 경고인 것 같았다.

루카스는 그물과 같이 가라앉고 있었기 때문에 훨씬
그들보다 빨리 가라앉았고, 오웬과 알버트는 속도를 맞
추기 위해서 지느러미를 움직였다.

그물은 배에 연결되어 50미터 지점에서 사체를 걸면
배에서 끌어올릴 예정이었다.

관광객들이 숨을 쉬면서 나오는 기포들이 계속 그들
을 스치고 위로 올라갔지만, 블루홀의 어두운 골짜기로
뛰어든 순간 제이든이 내뿜는 기포 외에 다른 기포들은
보이지 않았다.

순식간에 그들의 몸은 악마의 입에 삼켜졌고, 푸른색
으로 그들에게 비추던 물을 뚫고 들어온 햇볕은 서서히
옅어져 갔다.

그리고 햇볕이 옅어져 갈수록 알버트의 공포심도 내면

에서 솟아올랐다.

여기에 다시 들어가는 것이 과연 잘 하는 일일까 하는 의문이 자꾸만 그의 머리를 스쳐 갔다.

금세 그들은 20미터 지점에 도달했고, 세 번이나 본 곳이지만, 아무리 봐도 시야를 압도하는 검은 경치는 익숙해지질 않았다.

알버트는 블루홀을 스케치한 종이를 볼 수 없었기 때문에 계속해서 헤드랜턴으로 어두운 바위 사이를 둘러보았고, 20미터 지점에 멈춰 몇 번이나 주위를 둘러본 후에야 제나가 들어갔던 동굴을 발견하였다.

그는 오웬과 제이든에게 신호를 보냈고, 그들은 기포를 내뿜으며 동굴 근처로 모였다.

알버트는 동굴에 들어가기 전에 시계를 보았고, 시계는 9월 20일 15:23:23을 표시하고 있었다. 또한 심측계는 정확히 20.3미터를 표시하고 있었다.

헬륨이 섞인 특수기체는 100미터 지점에서 약 50분 정도를 버틸 수 있었고, 20미터 지점에서는 기체의 부피가 커져서 물속에 더 오래 있을 수 있을 것이다.

그렇다고 해도 알버트는 최대한 빨리 이 동굴을 확인하고 100미터 지점으로 내려가 그들이 말하는 '다이버의 무덤'을 살펴보고 싶었다.

그는 오웬과 제이든에게 들어간다는 신호를 보내고 바로 동굴로 들어갔고, 알버트가 들어간 것을 보고 그들은 한동안 지느러미를 저으며 동굴 입구를 쳐다보고 있었다.

딜런과 앨리 없이 혼자 오는 동굴은 전보다 더 좁아진 것 같다는 느낌이 들었다.

또한 위로 올라가는 기포도 동굴 벽에 걸려서 달라붙어 있었다.

블루홀 안의 구멍은 아무것도 나가게 할 생각이 없는 것 같았다.

동굴 안에 있는 구멍을 찾는데 시간을 많이 쓸 수 없기 때문에 동굴의 끝으로 빠르게 헤엄쳐 내려갔다. 흉물스럽게 흩어져 있는 잠수장비 밑에서 제나가 숨죽이고 있는 것 같았다.

돌들과 해초들은 여기저기 매달려 그가 방향을 찾는

것을 방해하려는 것 같았고 부유물이 그의 시야를 방해
했다.

측심기는 빠르게 올라가 30미터를 표시했고, 동굴 안
으로 헤엄쳐 들어갈수록 수심은 점점 깊어졌다.

서서히 두려움은 그를 삼키고 있었고, 여기에서 길을
찾지 못하거나 쥐라도 난다면 그대로 그게 그의 마지막
순간이라는 것을 알았다.

오웬과 제이든에게는 그가 40분 내외로 돌아오지 못
하면, 미련 없이 위로 올라가라고 전해 두었다.

또한 그가 악마의 장난 같은 조류에 휩쓸려 가서 자신
은 죽고 장비는 분실한다면 지불할 금액도 지불해둔 상
태였다.

그만큼 홀로 블루홀의 작은 동굴에 들어가 수색을 한
다는 것은 위험부담이 컸다.

특히 딜런이 들어가지 않은 반대편인 오른쪽에 있는
구멍은 폭이 좁았고, 몸이 끼기라도 한다면 꼼짝없이 죽
은 목숨이라는 생각이 들었다.

아직 제나가 들어갔다고 추정되는 구멍에 도착하지도

않았는데, 동굴 안을 헤매고 있는 듯한 느낌이 들었다.

알버트는 쉬지 않고 지느러미를 저었고, 곧 뱀의 굴 같이 생긴 구멍에 도착했다.

왼쪽 구멍은 들어가려다 딜런의 만류에 들어가지 못하였지만 막다른 길이라는 것을 그에게 들었다.

오른쪽 구멍은 딜런도 들어가 보지 않은 곳이었고 이곳에 들어가는 순간 엄청난 조류로 인해 오도가도 못하는 상황이 될 수도 있었다.

베테랑이었던 제나가 나오지 못할 정도라면 그럴 가능성이 컸다.

시간은 벌써 구멍을 발견하는 데에 13:34:12을 표시했고 수심은 38미터를 표시하고 있었다.

지체할 시간은 없었다.

그렇지만 그는 구멍을 바라보고 한동안 망설였고, 몇 번을 멈칫거리며 고민한 후에야 지느러미를 저었다. 좁은 구멍에 가까이 가는 순간 조류가 강해지는 것이 느껴졌고 그는 두려움과 함께 몸을 던졌다.

구불구불한 동굴의 길은 하나가 아니었다.

계속해서 갈림길이 나왔고 그는 두려움과 함께 계속해서 양의 창자 같은 갈림길의 구멍 안으로 들어갔다. 동굴 외벽에서 꿀렁꿀렁 거리는 섬뜩한 소리가 나는 것 같았고 여기저기에서 사람의 머리카락 같은 해초가 만져졌다.

그는 필사적으로 들어간 방향을 외우려 했지만 대여섯 번 정도 갈림길을 통과한 이후에는 몽롱한 정신에 더 이상 방향을 생각할 겨를이 없었다.

해조류들이 길게 자라서 구멍을 막고 있었고, 불규칙하게 그를 둘러싸고 있는 돌과 바위는 그를 더 헤매게 하려고 입구를 숨긴 것 같았다.

여기에서 제나를 찾지 못하면, 어서 블루홀의 밑바닥으로 내려가 그녀를 찾아보아야 했기 때문에 마음이 조급했다. 그리고 곧 그가 너무 서둘렀기 때문에 갈림길에서 어느 방향으로 들어갔는지 기억해두지 않은 것이 그의 실수라는 것을 알았다.

그가 선택해 들어온 길이 막다른 길에 막혔을 때, 그는 그 막다른 벽에 기대어 그가 돌아온 쪽을 헤드랜턴의 불빛을 비추었다.

그 구불구불한 길은 지옥으로 향하는 길인 양 펼쳐져 있었고, 저 멀리 보이는 길 끝의 어둠과 눈이 마주쳤다.

알버트는 당황하여 시계는 보았고, 시간은 16:40:23였고, 심측계는 48미터를 나타내고 있었다.

그는 지느러미를 쉴 새 없이 저었기 때문에, 잠시만 벽에 기대에 쉬기로 했다.

구멍에 들어오자마자 조류는 그를 내버려두지 않고 떠밀었고, 물속이었기 때문에 적은 중력을 느끼면서 허탈한 표정으로 구멍 너머의 암흑을 쳐다보았다.

이곳에 만약에 제나가 있다고 해도 여기를 다 뒤지려면 50년은 걸릴 것 같았다. 그리고 그녀를 찾는 것은 고사하고 이곳에서 나갈 수 있을지도 의문이었다. 게다가 50미터 정도까지 내려왔기 때문에 예상보다 더 많은 산소를 쓰고 있었다.

만약 제나가 어둠 속의 좁은 길에서 헤매이며 홀로 쓸쓸히 죽었다고 생각하니 가슴 한구석이 먹먹했다. 당장이라도 그녀가 애타게 불었던 호루라기 소리가 들릴 것만 같았다.

그가 내뿜는 기포마저 동굴 벽에 붙어서 여기저기로 움직였다. 계속 여기에서 동굴 저편으로 보이는 어둠을 바라보다가는 자신도 제나와 똑같은 처지가 될 것이다.

알버트는 숨을 고른 후, 막다른 벽을 발로 밀면서 다시 지느러미를 저었고, 그가 조금 전에 지나왔던 갈림길이 나왔다.

여기에 들어오면 바로 제나의 흔적을 발견할 줄 알았는데, 그의 기대를 저버리듯 동굴 어디에도 그녀의 흔적은 없었다.

그의 앞에 나타난 건 5제곱센티미터 정도의 좁은 공간이었고, 그 공간에 여러 개의 구멍이 뚫려 있었다.

방금 그가 지나왔던 곳이지만, 제나의 흔적을 찾으려는 생각에 눈이 멀어 이곳을 지나온 것도 눈치 채지 못했다는 것을 알았다. 알버트는 지금 자신이 위험한 상태에 있다는 것을 자각했다.

얼마 깊이 들어왔는지는 모르겠지만, 어딘지 알 수 없는 곳을 헤매고 있는 것이다.

제나를 찾아 왼쪽 구멍으로 들어온 지 30분이 지나가고 있었고, 그는 다급한 마음에 밖으로 나가기 위해 위쪽에 있는 구멍으로 들어갔다.

당장이라도 호흡기와 산소통을 벗고 공기를 들이마시고 싶었다. 또한 좁은 구멍들을 지날 때마다 점점 더 벽이 점점 좁혀오는 것 같았고 전에 자신이 지나온 길이 아닌 것처럼 느껴졌다.

마치 구멍에서 나오려는 생각을 한 순간부터, 길이 변하여 그를 현혹시키려는 것 같았다. 그는 길을 잃고 구멍을 짚고 여기저기를 허우적거리며 헤매고 있었다.

딜런이 우려하던 대로 여기서 죽은 다이버들 중 한 명이 될 것 같았다.

정신은 혼미했고 입에서 나오는 기포는 자신의 생명이 새어나오는 것 같았다.

헤드랜턴이 어두운 굴속에서 깜박거릴 때마다 자신도 여기서 쥐도 새도 모르게 사라질 것 같았다.

여기서 당장 나가야 했다.

그는 구멍으로 들어갈 때마다 수심이 내려가는 곳만

을 골라서 들어갔지만, 구멍의 방향이 바뀌면 그것도 소용없는 일이었다.

그것을 증명하는 그가 차고 있는 심측계의 수심은 계속 올라갔다 내려갔다를 반복했다.

그리고 기포가 올라가는 방향을 보고 어디가 위쪽인지를 짐작할 뿐, 사방과 위아래도 모른 채 구멍에 들어가고 나오기를 반복했다.

"제나…."

시간은 점점 흘러 15:53:45를 표시하고 있었고, 적어도 제나를 찾아 그녀의 곁에서 눈을 감았으면 좋겠다는 생각을 했다.

그녀도 얼떨결에 들어온 곳에서 몇 십 분이나 이곳을 헤매다 죽었을 것이다. 제나가 이 미로 속에서 기다린 것은 자신이었을 거라는 생각에 눈물이 흘러 시야가 뿌예졌다.

2주 전에 여기에 왔을 때, 자신도 그녀를 찾다가 죽었어야 했다. 발에 있는 지느러미는 이제 무거웠으며 쥐가 날 것 같았고 억지로 움직이지 않는 몸을 움직였다.

이제 다시 빛을 보는 것은 불가능한 것 같았다.

조류는 사정없이 그를 끌고 다니려고 했고, 몸에 힘을 빼고 그 조류에 몸을 맡기고 싶은 생각이 들었다.

그때 악을 쓰면서 동굴을 기어가는 그의 손에 다이빙 장비가 부딪쳤다. 제나의 것인가 해서 바로 장비를 잡고 다가가 살펴보았지만, 이미 여기에 있은 지 오래되어 녹이 슬고 해조류가 휘감고 있었다.

그는 고개를 들어 헤드랜턴으로 주위를 둘러보았고, 여기가 처음에 들어온 동굴이라는 사실을 알았다.

그 미로 같은 구멍에서 빠져나온 것이었다.

안도의 한숨을 내쉬기도 전에 밖에 있던 루카스와 오웬이 철수하지 않았는가 걱정이 되었다. 지금 45분이 지나고 있었고, 빨리 나간다고 해도 50분이 될 것이다.

그는 이미 블루홀의 어두운 구멍들을 기어 다니며 힘을 다 썼지만, 없는 힘을 모아서 지느러미를 움직였다.

돌들은 대충 짚은 채 동굴의 출구 쪽으로 몸을 밀었다.

그는 지쳐서 해서는 안 되는 과호흡을 하고 있었지만, 오웬과 루카스에게 다가가는 것 외에는 아무런 생각도 들지 않았다.

그들이 없으면 100미터 지점에서 제나를 발견해도 데리고 올라갈 수가 없었다. 그녀의 사체에서 장비를 벗기고 그녀의 몸만을 잡고 올라갈 수 있는지도 지금의 지친 컨디션으로는 장담을 할 수 없었다.

그는 거칠게 흐르는 조류를 헤지고 전진했고 곧 동굴의 입구에 도착했으며 심도계는 20미터를 표시했다. 그리고 바로 동굴의 입구를 잡고 밖으로 몸을 날렸고 그제야 블루홀로 들어온 녹색의 미미한 햇볕이 그를 맞이하여 주었다.

그는 헤드랜턴으로 빠르게 주위를 둘러보았다.

다행스럽게도 오웬과 그물을 잡고 있는 루카스가 비추고 있는 헤드랜턴의 빛이 보였다. 그들은 조금 떨어진 곳에서 손을 흔들었고 알버트가 동굴에서 나오자 그의 근처로 다가갔다.

둘은 그의 팔을 잡고 조류가 빠르게 흐르는 동굴 쪽에서 벗어날 수 있게 도와주었다.

그는 손을 흔들어 그들에게 감사 인사를 했고, 오웬은

시계를 가리킨 후에 다시 밑을 가리켰다. 루카스가 다가와 그의 산소통 수치를 살폈고, 알버트의 산소 게이지는 거의 반 정도가 남아 있었다.

여유롭지는 않았지만 지금 바로 내려가서 100미터 바닥을 훑을 시간은 있을 것 같았다. 악마가 준비한 것 같은 미로에서 빠져나와 안도하기도 전에 심해로 더 떨어져야만 했다.

그들은 바로 몸에 힘을 빼고 블루홀의 100미터 다이빙 코스로, 깊은 심연으로 차례차례 떨어지기 시작했다. 지금까지 내려왔던 코스보다 몇 십 배는 폭이 더 넓었기 때문에 그들의 시야는 어둠으로 가득 찼다.

알버트는 이미 기진맥진한 상태였지만 숨을 천천히 내쉬면서 그 상태로 휴식을 취했다.

지금까지 긴장을 하고 버둥거렸기 때문에 눈꺼풀이 내려오려고 했지만 발끝에 힘을 주고 잠을 자지 않으려 애썼다. 마치 의식의 깊은 곳으로 내려가는 듯한 느낌이 들었다.

그는 그 어둠이 무서웠다.

그들의 머리 위로 뿜어져 나가는 기포가 수면에 닿기까지도 몇 분이 걸릴 것 같이 느껴졌다.

당장이라도 웨이트를 벗고 수면 위로 올라가고 싶었다. 그리고 며칠 간 정신없이 침대에서 쉬고 싶다는 생각이 들었다.

귀는 압력의 변화로 먹먹했고 아무리 침을 삼켜도 정상으로 돌아오지 않는 것 같았다. 끝없이 펼쳐지는 깊은 구멍을 보면서 다시 나오는 게 불가능할 것이라는 생각이 들었다.

생각해 보면 지금 그가 몸을 담그고 있는 어둠 속은 죽은 다이버들이 몸을 담그고 있는 물이었고, 헤드랜턴으로 구석을 비추면 죽은 이들과 눈이 마주칠 것 같은 느낌이 들었다.

알버트는 한시라도 빨리 제나를 찾아 건져 올리고 싶었다. 그렇지만 또, 제나를 찾으러 밑으로 들어간다고 해서 그곳에 그녀가 있을지도 의문이었다.

그래도 그는 이를 악물었다.

할 수 있는 한 밑을 뒤져서 그녀를 발견해야 했다.

어둠속에서는 기포 하나 올라오지 않았고, 블루홀 안
에 산다고 하는 상어의 머리와 문어의 몸통을 가지고 있
다고 하는 괴물이 일행을 덮칠 것 같았다.

그러면 몇 분 안에 그들의 생명은 꺼질 것이고, 그들
의 장비는 동굴 안에서 봤던 것처럼 쓸쓸히 바닥으로 내
려갈 것이다.

수심은 2분도 채 되지 않아 50미터를 넘었고, 그물은
연결되어 있는 배의 고정대에 걸려 더 이상 물 밖으로
내려가지 않았다.

루카스는 그곳에 매달려 더 이상 내려가지 않았고, 기
포를 내뿜으면서 엄지를 올렸다.

얼마 지나지 않아 점점 위로 올라가는 듯이 보이는 그
의 실루엣은 어둠이 둘러싸 가려버렸고, 알버트는 암흑
속에 홀로 남은 그가 걱정이 되었다.

어서 제나를 찾고 다시 올라갈 때, 그 자리에서 그를
다시 만났으면 좋겠다는 생각을 했다.

산소통의 시간이 반쯤 남았다는 신호가 울렸고, 자신
의 죽음을 암시하는 복선처럼 느껴졌다.

시계는 16:13:34을 표시하고 있었고, 너무 어두운 나머지 시계의 불빛도 무척이나 환해 보였다.

측심계는 빠른 속도로 내려가 이제 70미터를 돌파하고 있었고, 시야는 잠이 부족한 상태로 운동을 하는 것처럼 흔들려 보였다.

이 암흑에 들어와 헤드랜턴에 의지해서 주변을 둘러본 지 50분이 되어가고 있었고, 어서 더 깊이 내려가야만 했다.

알버트는 왼쪽 눈에 경련이 일어나서 팔을 허우적거렸지만, 오웬은 아무렇지도 않은 듯 계속해서 하강을 했다.

그들의 시야를 완전히 채운 어둠 속에서 누군가가 그들의 내려가는 걸 지켜보는 시선이 있는 것 같았다. 미세하게 들어오던 녹색 빛은 이제는 헤드랜턴이 없으면 아무것도 볼 수 없는 칠흑으로 변하였다.

깊은 땅속에, 호기심을 가지고 오는 이들을 묻어버리려는 신이 만든 함정에 허락도 없이 들어가는 기분이었다.

그리고 80미터를 들어서자 조금씩 죽어간 다이버들이 보이기 시작했다. 그들의 사체는 바위에 끼어 있거나, 절벽에 아무렇게나 매달려 있었다.

장비는 낡은 것이 대부분이었고, 어떤 바위 위에는 산소통만이 덩그러니 놓여 있기도 했다.

죽은 지 오랜 시간이 지난 것 같았지만, 여전히 그곳에서 치울 엄두를 내지 못하는 것 같았다.

아직 100미터 지점에 도달하지도 않았는데, 조류는 엄청난 속도로 그들을 끌어들였고 80미터부터는 골짜기의 바위를 잡으면서 천천히 내려갔다.

알버트는 조바심이 났지만, 서두르다가 하강조류에 빨려 들어간다면, 지금 그의 옆에 누워있는 이들과 같은 꼴이 날 것 같았다.

그리고 제나의 시체가 이런 강한 하강조류에 휩쓸려갔다면 아마 그녀의 시체를 다시 보는 것도 힘들 것이었다.

본래 몇 번이나 다이빙을 해서 그녀를 찾으려 생각했지만, 한 번 다이빙을 하는 것도 목숨을 걸고 해야 하는 일임을 알았다.

게다가 그녀의 시체가 저 하강조류에 쓸려갔다면 다이빙을 많이 하는 것과는 상관없이 그녀의 흔적조차 찾을 수 없을 것이었다.

오웬은 하강조류를 버티면서 그의 앞에서 천천히 하강했다. 속도는 더디었지만, 주변에 있는 사체들을 충분히 보면서 내려갔다.

제나가 아닌 다른 이들이 부패해가는 모습을 보는 것이 싫었지만 그녀를 찾기 위해서는 핸드랜턴으로 사체를 관찰하면서 내려가야 했다.

고글에 비친 모습은 실물보다 크게 보였기 때문에 흉측한 모습에 놀라 몇 번이나 호흡기를 놓칠 뻔하였다. 그들은 그가 헤드랜턴을 비추지 않으면 고개를 들고 일어나서 그들을 노려볼 것 같았다.

알버트는 손이 덜덜 떨렸고, 하나하나 시체를 확인할 때마다 공포감이 밀려왔다. 그가 하려는 다이빙은 단순히 구경을 하고 오는 것이 아니었다.

블루홀에서 누구의 시체를 찾기 위해 다이빙을 한다는 것은 그 심연에 잠든 시체를 뒤지는 일이었다.

대부분의 사체가 고글을 쓰고 있기 때문에, 그들의 부패하고 해골이 된 얼굴이 직접적으로 보이지 않았지만,

낡아서 녹이 슨 장비와 함께 헤드랜턴을 비출 때마다 마주치는 것은 악몽이었다.

그들은 당장이라도 그 몰골로 호흡기를 물고 움직일 것만 같았다. 이곳은 말 그대로 다이버들의 무덤에 어울리는 곳이었다. 심장박동이 빨라졌고, 흥분할수록 산소를 빨리 쓰는 것을 알았지만, 진정을 할 수 없었다.

그는 피로에 점점 힘이 빠지는 것이 느껴졌다.

앞에 보이는 골짜기마다 보이는 것은 바위에 걸려 있는 시체 투성이었고, 만약 발을 헛디디기라도 한다면 그들과 같은 꼴이 될 것이었다.

알버트는 고글을 손으로 치며 정신을 차리려고 했고 벽을 잡지 않은 손으로 주먹을 꽉 쥐었으나, 정신은 여전히 혼탁했다.

헤드랜턴으로 비추는 곳은 모두 축 늘어진 슈트가 있었고 여기에서 죽은 이들이 그들의 위태로운 곡예를 구경하려고 모여 있는 것 같았다.

심측계는 벌써 87미터를 표시했고, 귀는 먹먹해진 지 오래였고, 시체를 쳐다보면서 제나를 찾느라 집중력은 바닥나고 있었다.

힘이 서서히 빠지는 것이 느껴졌지만 무릎을 꼬집으면서 앞서가고 있는 오웬의 뒷모습을 보았다. 깊은 심해의 바닷물은 너무나 차가웠고, 다시 여기를 올라가 돌아가는 것은 더욱 힘들 것이라는 생각을 했다.

알버트는 손에 힘이 풀려 바위를 잡는 손이 자꾸 미끄러졌고, 오웬에게 쉬어 가자는 말을 하고 싶었지만 그녀의 모습은 멀어져만 갔다.

오웬이 뒤돌아봐 주기를 기도했지만 그녀는 그럴 생각이 없는 듯 바위를 잡고 밑으로 들어갔다. 그녀가 내뿜는 기포가 자신을 지나쳐 저 위로 올라갔다. 위로 올라가는 기포와 같이 자신도 이제 그만 수면으로 올라가고 싶었다.

마치 그녀가 자신을 블루홀의 가장 깊은 곳에 매장하려는 저승사자인 것 같았다.

그는 점점 정신이 혼미해졌고, 이제는 아무렇게나 되도 좋다는 생각을 했다.

그녀는 여기 어딘가에 잠들어 있을 것이었고, 자신도

바위를 잡고 있는 손을 놓아 이 바닥에 잠들고 싶었다. 그리고 알버트가 손을 뻗어 바위 위에 자란 해초를 잡는 순간, 암벽에 꽉 달라붙어있는 줄 알았던 해초에서 손이 미끄러졌다.

그는 순식간에 하강조류에 휩쓸려 저 바닥으로 빨려 들어가기 시작했다. 알버트는 순간 소리를 질렀으나, 물속에서 아무런 소리도 나지 않았고 기포들만 나와 올라갈 뿐이었다.

오웬은 허우적거리는 소리에 뒤를 돌아보았고, 그가 조류에 휩쓸려 저 깊은 심연으로 빨려 들어가고 있다는 사실을 알았다.

오웬은 그녀의 옆으로 끌려 들어가는 알버트의 산소통을 잡았고, 위태롭게 조류에서 흔들렸다. 금방이라도 오웬은 손을 놓칠 것 같았고, 그의 몸은 이리저리 요동치고 있었다.

그녀는 이를 악물고 손에 힘을 있는 대로 주어서 버텨내려 했다. 알버트는 놀란 눈으로 위를 올려다보며 오웬을 쳐다보고 있었고, 그도 팔을 뻗어 그녀를 잡으려 했지만 그의 손은 닿지 않았다.

그렇지만 얼마 되지 않아서 그의 몸은 어두운 블루홀의 중앙으로 튕겨져 나갔다. 오웬은 놀란 눈으로 그를 바라보았으나, 빠른 속도로 어둠 저 밑으로 사라지고 있었다.

마치 우주에서 저 멀리 먼 암흑으로 빨려 들어가듯 기포를 내뿜으면서 그는 저 깊은 곳으로 빨려 들어갔다. 그녀는 알버트가 사라진 방향으로 손을 뻗어 보았으나 그의 실루엣은 이미 눈앞에서 사라지고 없었다.

그녀는 한참을 같은 곳에서 바위를 잡고 있었다.

시계는 16:23:56를 표시하고 있었고 심도는 93미터였다.

블루홀에 들어와 다이빙을 한 지 1시간이 되고 있었으며, 그녀도 마찬가지로 심한 피로감을 느끼고 있었다.

알버트가 20미터 지점에서 동굴에 들어가서 오랜 동안 나오지 않았기 때문에, 물에 평소보다 더 오래 있게 되었고, 훈련을 받은 그녀도 체력이 부쳤다.

다합의 최고 심도는 125미터였고, 하강조류를 타고 저 깊은 구멍으로 빨려 들어갔으면 어디에 걸려 있을지도 모르는 일이었고, 아니면 125미터 바닥에서 죽음을 기다리고 있을지도 모르는 일이었다.

그녀의 산소게이지는 이제 반을 지났고, 아마 알버트의 산소게이지는 3분의 1 정도가 남아 있을 것이었다. 그가 가진 산소로는 30분 정도가 한계였고, 10분 이내에 그를 구해 올라가야 했다.

그렇지만 잠수병 때문에 간간이 쉬어가야 했고 더 많은 시간이 걸릴 것이었다. 게다가 산소를 나누어 마시면서 올라간다면, 더 빨리 산소를 사용할 것이었다.

그는 죽은 것과 다름이 없었다.

오웬은 헤드랜턴으로 어둠을 헤집었으나, 사방에 널려 있는 시체들밖에 보이지 않았고, 시체가 가득한 어둠 안에서 그를 찾는 것은 힘들어보였다.

그녀의 망설이고 있었고 헤드랜턴은 깜박깜박 거리기 시작했다. 오웬은 랜턴을 몇 번 쳤고, 힘겹게 다시 빛을 내뿜었다.

헤드랜턴으로 밑을 쳐다보았지만, 가까이 있는 암벽만이 보였고 깊이를 가늠할 수 없는 어둠이 그녀와 마주보고 있었다.

그녀가 내뿜는 기포만이 '보글보글' 소리를 내면서 고요한 심해에서 올라가고 있었다.

*

"앨리… 코에서…."

앨리는 정신이 몽롱하고 자신의 시야가 뿌옇게 흐려진 것을 알았고, 눈앞에 있는 사람의 형체가 딜런이라는 것을 알았다.

그는 뭐라고 하는 것 같았지만 귀에 잘 들리지 않았고, 고개를 흔들어 정신을 차리려고 하자, 조금씩 소리가 선명해지면서 그가 급박하게 말하는 것이 들렸다.

"…괜찮아 앨리? 위에 보고 있어."

그는 휴지로 그녀의 코를 막아 주었고, 휴지는 30초도 버티지 못하고 붉게 물들었다.

딜런은 바로 휴지를 그녀의 코에서 빼고 다시 휴지를 잔뜩 말아서 그녀의 코를 막았다.

그녀의 눈에는 카페의 천장에서 은은하게 퍼지고 있는 조명이 보였고, 그녀의 시야 조금 밑으로 물고기가 그려져 있는 시계가 11시를 조금 넘긴 것이 보였다.

앨리의 시야는 물속에 들어간 듯 흐물흐물 거렸고, 머리가 계속 띵한 느낌이 들었다.

"요즘… 제대로 잠을 못 잤어? 이렇게 코피가 많이 나는 것 처음 봐."

딜런이 그녀의 입 주위에 묻은 피를 닦아주며 물어보자, 앨리는 고개를 끄덕였다.

그녀는 코를 막은 휴지를 잡은 채로 주위를 둘러보았다. 금발의 여직원은 검은 앞치마를 매고 주문을 받고 있었고, 근처 소파 위에는 장난을 치는 커플이, 창가 쪽 자리에는 아무렇게나 접어놓은 신문이 놓여 있었다.

앨리는 핸드폰을 켤 필요도 없이 오늘이 9월 17일임을 알았다.

애초에 오늘이 9월 17일인 것인가?

하루에 갇혀 있는데 날짜 따위는 아무런 소용이 없다고 생각했다.

"앨리… 알버트와 제나의 무덤 앞에서 마주쳤을 때, 그녀를 찾으러 가는 것이 어떻냐는 말을 들었어."

"…그래서?"

그녀는 몽롱한 기분과 코피가 나는 불쾌감에 자신도 모르게 딜런에게 퉁명스럽게 대꾸를 했다. 그건 제나의 일 때문에 스트레스가 쌓여 있었던 딜런도 마찬가지였다.

금세 분위기는 험악해졌고, 시끄럽게 이야기를 주고받고 있는 카페에서 그들에게서만 냉기가 맴돌았다.

"앨리… 제나는 내 동생이야."

"나도 알아, 그래서 뭐 어쨌다는 건데. 제나가 죽었으니까, 자기도 따라 죽어야 된다는 거야?"

앨리는 그에게 이렇게 쏘아붙인 뒤에야 자신이 그의 말에 과민반응을 보였다는 것을 알았지만, 이미 딜런은 어이가 없다는 표정으로 그녀를 쳐다보고 있었다.

"아무리 사이가 안 좋았어도 그런 식으로 말하는 건 아니지. 물에 쓸려가서 아무도 모르는 곳에서 죽었다고!"

"딜런… 그거 내가…."

"평소에도 제나와 친해지려는 노력은 한 줌도 하지 않

았잖아, 그렇게 제나가 싫어?"

앨리는 자신의 말이 심했다고 생각해 사과하려 했지만, 딜런은 감정이 쌓인 듯 그녀의 말을 끊고, 손가락질을 하며 쏘아붙였다.

앨리는 그의 화난 얼굴을 오랜만에 보았고, 그것이 제나와의 일 때문이라는 것에 서운함이 밀려왔다. 또한 그가 제나의 편을 든다는 생각에 서러움이 북받쳤다.

"그때 너가 의식을 잃지 않았으면, 제나를 구할 수 있을지도 몰라."

"뭐… 그럼 날 바다에 던지고, 제나를 구하러 가지 그랬어?"

앨리도 분을 못 이기고 크게 소리쳤고, 너무 큰 소리를 내었나 싶어서 주위를 둘러보았지만, 카페에 앉아 있는 이들은 그녀와 딜런 외에는 없었다.

그들의 옆에서 장난을 치며 떠들던 커플도, 흡연실에서 담배를 물고 있던 여자들도, 카운터에 서 있던 금발 여직원도 어디론가 사라지고 없었다.

심한 말을 하는 딜런의 말에 맞받아치며 화가 치솟아

자리에서 일어난 상태였고 그녀는 갑작스레 기침을 했다.

한 번 시작된 기침은 멈추지 않았고, 손으로 입을 막았지만 손에 피가 묻어 나왔다.

피가 묻어나온 것보다 갑작스레 카페에 종업원까지 없어진 것을 보고 자리에 털썩 소리가 나게 앉았다.

"딜런, 나 아마 이미 죽은 것 같아."

"······."

딜런은 아무런 말을 하지 않았고, 앨리는 기침을 계속하며 말을 이었다.

그가 앉아 있는 갈색 의자 뒤로 나무무늬가 있는 카페 바닥이 보였다. 카페의 풍경이 빙글빙글 돌고 있었고, 속에 있는 것을 전부 게워내고 싶었지만 구토는 나오지 않았다.

"콜록콜록··· 계속 보이는··· 숫자, 아마도 수심인 것 같아··· 아는 데도 모르는 척했어··· 죽기 싫으니까···. 사실··· 나는 물에 있고··· 지금 자기는 나를 메고 위로 올라가려고 안간힘을 쓰는 거지··· 콜록콜록··· 그런데 이제는 끝이 온 것 같아…."

앨리는 눈꺼풀이 무겁고 온몸이 눌리는 듯한 피로가 느껴짐에도 불구하고 옆에 앉은 그에게로 다가갔다. 그리고 쓰러지듯이 그의 품에 안기려 했지만 그는 미동도 하지 않았다.

앨리는 울고 있었고, 눈물이 그녀의 볼을 타고 흘러 옷을 적셔갔다.

"마지막… (콜록콜록) 인 줄 알았으면… 좋은 얘기를 하는 건데…."

앨리는 그의 무릎에 쓰러져 그의 손을 잡으려 했지만 시야는 컴컴해졌고 그의 손을 찾을 수가 없었기 때문에 이제는 정말 죽음의 공포가 밀려왔다.

그녀는 손을 허우적거렸으나, 그녀가 있던 카페 안은 보이지 않았고, 딜런의 따스함조차 느껴지지 않았다. 소리를 질러서 그의 이름을 부르려고 했지만 아무런 말도 나오지 않았다.

아마 자신은 지금 소리도 지를 수 없고, 블루홀의 저 밑으로 딜런과 같이 가라앉고 있는 것인지도 모른다. 이

깜깜함이 블루홀의 안에 들어왔기 때문에 느껴지는 어둠인 것 같다는 생각이 들었다. 지금 심해 저 끝으로 추락하고 있다면 옆에 딜런이 있는 걸까?

그녀는 손을 움직이려 했지만 자신의 손가락 마디 하나 움직일 수 없었다.

그때 그녀의 손을 누군가가 잡는 느낌이 났다.

따듯하진 않았지만, 다른 이가 아닌 딜런의 손임을 알 수 있었다. 그가 손을 잡으면 이렇게 자신의 손을 다 덮을 정도였고 딜런의 마음이 전해지는 것 같았다.

그리고 그제야 물속에서 느껴지는 저항감과 조금씩 몸이 밑으로 가라앉고 있다는 느낌이 들었다. 또한 발에는 지느러미가 착용되어 있어 무거웠고, 딱 달라붙는 슈트의 압박감이 느껴졌다.

기포들이 내 몸을 잠시 감싸고 위로 올라가는 것이 느껴졌고, 앞은 아무것도 보이지 않는 칠흑이었지만, 딜런과 함께 밑으로 떨어지고 있는 것이 느껴졌다. 분명 그도 같이 두려운 어둠으로 떨어지고 있지만, 서로가 곁에 있다며 안심하고 있을 것이다.

이제 손에도 점점 감각이 없어지기 시작했고, 티비가 꺼지듯이 모든 감각들이 하나 둘씩 없어지는 것이 느껴졌다.

둘은 조류에 빨려 들어가며 서로가 나오는 꿈을 꾸고 있었다.

*

알버트는 당장 눈을 떠야 한다는 생각이 들었지만, 그의 눈꺼풀은 마음대로 움직이질 않았다. 컴컴한 시야 속에서 자신이 무언가의 위에 있다는 것을 알았고, 몸을 이리저리 움직이며 매끈한 재질인 것을 알았다.

그리고 그것이 곧 죽은 이의 다이빙슈트라는 것을 알았고 놀라서 벌떡 일어나려 했지만, 물의 저항 때문에 천천히 일어나게 되었고, 그가 일어난 잠시 동안에도 조류에 쓸려가고 있다는 사실을 알았다.

그는 근처에 걸린 사체의 산소통을 잡고 주변을 둘러보았다. 시체와 가까이 가고 싶지는 않았지만, 여기가 어딘지도 모르는데 더 이상 조류에 끌려갈 수 없었다.

알버트의 주변은 모래밭이었고, 기포는 나오자마자 뒤로 빨려 들어가고 있었다. 모래밭의 위는 암벽이 둘러싸고 있었기 때문에 비교적 조류가 약한 지점인 것을 알았다. 그리고 그가 잡고 있는 산소통과 장비가 비교적 최근의 것임을 알아챘다.

그제야 그의 옆에서 뒤돌아보고 누워 있는 이에게 가까이 다가가 그의 얼굴을 보았고, 그 얼굴은 그와 친숙한 얼굴임을 알았다. 모래밭에 있는 바위에 끼어있는 이는 다름 아닌 딜런이었다.

또한 그의 손을 꼭 잡고 모래밭에 누워 있는 고글에 물이 찬 앨리의 시체도 눈에 보였다. 그는 둘에게 힘겹게 다가가 고글을 벗겨 던져버리고 눈을 감겼다. 둘은 다행이도 괴로운 표정이 아니라 웃는 표정으로 누워 있었다.

그러고선 알버트는 힘을 빼고 둘의 옆에 누워서 위를 바라보았다. 그들의 옆에서 마지막을 맞이한다면, 나쁜 무덤자리는 아닌 것 같았다.

블루홀의 심해에서 쳐다보는 위쪽은 깜깜해서 아무것도 보이지 않았다. 캄캄한 한밤에 빛나는 별조차 없었기 때문에 이곳이 수면 위가 아니라는 것이 실감났다.

자신이 내뿜고 있는 기포는 천천히 위로 올라가다가 조류에 이끌려 이리저리 요동쳤다.

딜런과 앨리는 사이좋게 손을 꼭 잡고 누워있었고, 2주 전의 사고가 다시 그의 머릿속을 휘저었다. 자신은 산소가 떨어져 먼저 위로 올라갔고, 앨리와 딜런은 구멍에 들어가 제나를 찾았다.

그렇지만 그들은 올라오지 않았고, 제나와 같이 둘도 블루홀의 밑에 가라앉았다.

알버트는 그 둘을 블루홀에 두고 돌아왔고, 또 자신이 둘을 찾으러 가지 않았기 때문에 그들이 죽었다고 생각했다.

게다가 익숙지 않은 앨리를 블루홀 속으로 들어오게 한 것은 자기 자신이었다. 제나를 못 찾겠다며 도와달라고 했고, 딜런과 앨리를 거대한 어둠 안으로 이끈 것이었다. 의도가 어떻다고 해도 그들은 죽인 것은 자신이었다.

그들의 시체를 그물에 걸어 올려서 관 속에 넣어주고 싶었다. 그리고 어떤 우연인지 몰라도 그들의 사체 위에 떨어졌고, 그들의 위치를 알게 되었다. 그렇지만, 자기 자신도 이 지옥 같은 곳에서 올라갈 수 없을 것 같았다.

알버트는 눈을 뜨고 희미하게 빛나는 시계의 불빛을 쳐다보았다. 시계는 14:31:34를 표시했고, 심도계는 103 미터를 표시하고 있었다.

산소통의 게이지는 이제 5분의 1 정도밖에 남지 않았고, 지금 당장 올라가도 살 수 있을지 의문이었다. 그리고 그는 20미터 지점에 있는 미로 같은 동굴에서 헤매느라 힘을 다 쓴 상태였기 때문에 수심까지 올라가는 것은 불가능할 것 같았다.

이미 오윈과 루카스와 함께 심해로 떨어질 때 각오를 했고, 이제야 앨리와 딜런 옆에서 편해질 수 있다는 생각이 들었다.

그의 눈에 눈물이 흘렀지만 고글을 벗을 수 없기 때문에 닦아 낼 수는 없었다. 결국 제나를 찾지는 못했지만, 딜런과 앨리의 옆에서 죽을 수 있어서 다행이라고 느꼈다.

체념하고 누워 있는 그의 귀에 물속에서 무언가가 물 결치는 소리가 들렸다. 암흑 속에서 무언가 나타나 자신을 낚아챈다고 해도 이젠 상관없다는 생각이 들었다.

그리고 잠시 후 빛줄기 하나가 그를 비추었다.

그는 눈이 부셔서 손으로 빛을 가렸고, 거기에 다이빙 슈트를 입은 누군가가 있었다. 다이빙 슈트를 입고 나타날 수 있는 것은 오웬밖에는 없었고, 그녀는 돌을 짚고 그에게 다가왔다.

알버트는 앉아서 모래를 잡고 오웬이 오길 기다렸고 그녀는 다가와 그의 고글 안을 보고 눈을 깜박이는 것을 보았다.

그녀는 알버트를 일으켰고 그와 자신의 웨이트를 풀었다. 그는 기진맥진한 상태였기 때문에, 그녀의 등을 잡고 매달려 힘겹게 발장구를 쳤다.

알버트는 앨리와 딜런을 같이 데리고 나가고 싶었지만, 자신 혼자도 나가지 못할 것 같았기 때문에 그들을 쳐다보다가 다시 시선을 돌렸다.

그는 다음에 그들 곁으로 다시 와서 그 둘을 반드시

건져 올려야겠다는 생각을 했다.

둘은 바위를 타고 칠흑 같은 암흑에서 밑으로 끌어들이는 조류와 반대로 돌을 짚고 몸을 밀어 등반을 하기 시작했다.

웨이트를 벗었기 때문에 거칠게 빨아들이는 조류에도 불구하고 점점 위로 올라가는 것이 느껴졌다.

그의 산소는 이제는 큰 눈금 한 칸에 작은 눈금 세 칸 정도만 남아 있었고, 끝까지 갈 수 없을지 모른다는 생각이 들었다.

시계는 16:39:11을 표시했고 심도계는 다행이도 점점 내려갔다.

100미터 지점을 벗어나자, 조류가 급격하게 약해지는 것을 느끼고, 오웬과 알버트는 힘을 짜내어 돌을 잡고 올라가기 시작했다.

조금만 더 가면 절벽에 붙지 않고도 위로 올라갈 수 있는 곳이 나올 것이기 때문에, 알버트는 열심히 발장구를 쳤고, 오웬도 쉬지 않고 벽을 잡았다.

여자의 등에 붙어서 올라가는 것이 미안했지만, 지금

은 그런 것을 가릴 때가 아니었다.

물방울이 안으로 들어온 것도 아니었는데 자꾸만 시야는 흐려졌고, 눈이 아파 눈을 계속 깜박일 수밖에 없었다.

다행히도 몸은 점점 위로 뜨기 시작했고, 사방이 어둠인 이곳에서 조금씩 위로 올라가는 것이 느껴졌다.

그들의 발버둥에 보답하듯 심도계는 점점 내려가 80미터를 표시할 정도로 올라왔고, 확실히 조류가 지금까지에 비해 덜 느껴졌다.

오웬은 절벽에서 손을 떼었고, 발장구를 치지 않아도 서서히 몸이 위로 올라가는 것이 느껴졌다. 그녀의 표정은 보이지 않았지만 기포가 잔뜩 나오는 걸로 보아서는 숨을 몰아쉬고 있는 것 같았다.

100미터 지점부터 20미터 정도를 알버트를 등에 매고 바위를 잡고 올라왔기 때문의 오웬의 팔은 더 이상 힘이 들어가지 않을 지경이었다.

알버트는 자신의 산소통을 보았고, 이제는 거의 산소가 남지 않았음을 알았다. 그들은 빠른 속도로 위로 올라가기 시작했고, 알버트는 속이 메스꺼웠다.

그렇지만 여기서 토를 한다면 기도가 막힐 수도 있었고, 숨을 제대로 쉴 수 없을 것이기 때문에 구토감을 억지로 억눌렀다.

심도계와 시계를 볼 기운도 남아있지 않았고, 머리가 핑핑 돌았다. 아마 산소가 거의 떨어진 것 같았고, 손발에 아무런 감각이 느껴지지 않는 것 같았다.

심측계를 보지 않았으면, 어둠 속에서 조금씩 상승하고 있다는 것을 몰랐을 것이다. 수심이 점점 얕아짐에 따라 조류는 점점 약해졌고, 알버트의 몸은 점점 힘이 빠졌다.

그리고 한참을 올라간 후, 저 위로 루카스가 손을 흔들고 있는 것이 희미하게 보였다. 루카스도 산소가 얼마 남지 않았을 테지만, 올라가지 않고 그들을 기다리고 있었다.

오웬은 그를 그물에 매달리게 한 후 산소통을 벗기고 잠시 동안 자신의 호흡기를 입에 물려주었다.

그녀는 그의 산소게이지를 유심히 보고 있었고, 수치

가 0을 가리키자 바로 산소통을 그물에 걸고 숨을 쉬게 해 준 것이었다.

간신히 숨을 이어간 알버트는 오웬과 번갈아 숨을 쉬면서 루카스가 있는 50미터 지점에서 점점 더 위로 올라갔다.

알버트는 고글을 통해 자신의 손을 보았고, 손이 4개로 보이는 느낌이 들었다.

얼마 뒤, 오웬은 루카스와 번갈아서 알버트와 숨을 나눠 쉬었고, 알버트는 정신이 희미해지는 느낌이 들었다. 분명 이 안은 녹색 빛도 간신히 들어오는 곳임에도 엄청 밝은 빛이 그를 감싸고 있는 것 같았다.

흐느적거리는 자신의 손목에 보이는 심측계는 34미터를 표시했고, 수면 위에 올라가기 전에 정신을 잃을 것 같았다.

고개를 떨구고 위로 올라가던 알버트는 어두운 심연에서 빛이 얼핏 보인 것 같은 느낌이 들었다. 그는 올라가면서 어두운 블루홀의 심연을 쳐다보았다.

밑에는 다이버 장비를 입고 고글을 쓴 금발 여성이 천

천히 밑으로 내려가고 있는 것을 보았다.

그는 그것을 보고 놀라 허우적거리다가 루카스가 건네 준 호흡기를 놓쳤고, 호흡기에서 기포가 뿜어져 나왔다.

다행이 루카스는 다시 호흡기를 잡아 알버트에게 다시 물러주었고, 알버트는 숨을 내쉬었다.

숨을 나누어 쉬고 있어도 점점 숨이 차는 것이 느껴졌고, 저 밑을 쳐다보는 알버트는 10분만 숨 쉴 공기만 있었어도 밑으로 내려가 내려간 다이버가 누구인지 확인하고 싶었다.

오웬과 루카스도 그녀를 보았을까 하는 생각이 들었다.

내뿜는 기포와 함께 그들은 가속도가 붙어 빠르게 수면 위로 올라가고 있었으며 이제는 심측계가 15미터를 표시하고 있다는 것을 알았다.

점점 위로 올라갈수록 녹색에서 푸른빛으로 바뀌어갔고, 햇볕이 바다에 들어와 자신의 얼굴을 비추는 것이 느껴졌다.

관광객들이 내뿜는 기포가 여기저기서 올라오는 것이 느껴졌고, 몰려다니는 물고기들이 보이는 것 같았다.

그들은 바로 올라가지 않고 5미터 지점에서 한동안 멈추어 있었고, 알버트는 루카스에게 끌어올려지다 시피해서 수면 위로 올려졌다.

그들은 다시는 못 올라올 것이라고 생각했던 수면 위로 얼굴을 내밀었다. 알버트는 숨을 몰아쉬었고, 아무렇지도 않게 수영을 하고 있는 현지인과 관광객들이 눈에 들어왔다.

찬란한 햇빛을 보자 그는 긴장이 풀렸고, 원래는 그물을 끌어올리기로 되어 있는 배가 그들을 발견하고 다가오는 것이 보였다.

알버트는 배에 올라탈 힘조차 없어서 먼저 탄 루카스와 배 위에서 대기하고 있던 제이든이 그를 올려 주었다.

알버트는 배 위에 올라타서 바로 고글을 벗고 누워 버렸고, 바위를 잡고 절벽을 올라온 오웬도 마찬가지였다. 그는 배를 움직이려는 제이든의 뒷모습을 쳐다보았고, 햇볕은 블루홀의 위에 떠 있는 배를 사정없이 비추고 있었다.

다시는 햇볕을 맞지 못할 것이라 생각했기 때문에 알

버트는 누운 채로 손을 조금 올려 햇볕을 맞았다. 또한 배가 파도에 출렁이는 것이 느껴졌고 시끄러운 소리가 귀에 들렸다.

바닷바람과 짭조름한 냄새는 그의 코를 간질였다.

아직 살아 있다는 안도감보다 앨리와 딜런을 발견하고도 데려오지 못한 죄책감이 다시 한 번 올라왔다. 그렇지만 그는 설 기운도 남아 있지 않았고, 육지에 도착하기도 전에 눈을 감았다.

*

처음 제나를 만났던 것이 생각났다.

딜런과 같은 대학의 동기였던 알버트는 항상 같이 어울렸다. 방학을 맞아 그가 사는 지역에 내려가 근처에서 캠핑을 할 계획이었고, 그의 집에 찾아갔을 때 제나를 처음 보았다.

아무거나 꺼내 입은 듯한 느낌이 드는 검은 목티와 짧은 검은색 가죽재킷을 입고 뜰에 앉아 있는 그녀의 금발은 입은 옷과 대비되어 더 선명하게 보이는 듯 했다.

그녀의 코와 입은 청순한 느낌이 들었지만 눈만은 하늘에서 본 블루홀의 어두운 부분처럼 검었다. 딜런도 조금 눈동자가 큰 편이었지만, 제나는 그 보다 눈동자가 더 커서 그녀의 눈을 보고 있으면, 마치 작은 야생동물의 눈을 보는 것 같았다.

평범한 뜰에 따분한 듯이 앉아있는 제나를 본 후부터 조금씩 그의 삶은 그녀에게 쏠리기 시작했다.

딜런의 집에 찾아가는 빈도가 높아졌고, 방학이 끝나갈 때쯤에는 이미 제나와 같이 산책하며 만나는 사이가 되었다.

처음에 딜런은 무척 반대했지만, 둘이 즐겁게 장난을 치는 것을 보고 내버려두었다. 당시 제나는 우울증 증세로 휴학하고 집에서 쉬고 있는 상태였기 때문에, 제나의 상태가 좋아지자 그녀의 부모님도 알버트를 나쁘게 생각하지 않았다.

제나의 성격은 그를 만나고부터 더 생동감이 넘치게 변했고, 감춰놨던 본연의 성격이 점점 피어나면서 우울

증을 이겨냈다. 알버트와 교류하면서 점점 활기찬 그를 닮아갔던 것이다.

다합에서 그는 몇 년을 같이했던 인연을 잃었고, 무엇이 잘못 되었는가에 대한 생각을 했다.

그러나 그녀를 만난 것과 같이 지낸 것도 그리고 평생의 배우자가 되리라고 다짐했던 것들도, 무엇 하나 잘못되었다는 생각은 들지 않았다.

제나와 함께했던 기억은 시간이 지나면 조금씩 희미해져 가고 사진을 보지 않으면 그녀의 얼굴조차 기억나지 않게 될지도 모르지만, 결코 머릿속에서 사라지지 않을 것이었다.

*

알버트의 눈앞에 보인 것인 다이빙 장비가 진열되어 있는 다이빙 숍이었다.

저 멀리서 불어오는 바람이 그의 머릿결을 스쳐갔고, 오웬은 관광객들에게 패키지에 대해 설명을 하는 것 같았고, 저 멀리서 루카스는 다이빙 장비를 정리하고 있었다.

그는 자신이 누워 있던 낡은 소파에서 일어나 앉으려
고 했지만, 정신이 들자마자 메스꺼움이 들었다. 그리고
자신이 움직임으로 인해 이마 위에 올려져 있던 물수건
이 바닥으로 떨어졌다.

그는 할 수 없이 메스꺼움을 견디고 일어나 물수건을
주워 카운터 앞의 선반에 올려놨고, 가게에 들어오고 나
가는 관광객들을 바라보았다. 2주 전 우리의 모습도 저
러지 않았을까 하는 생각이 들었다.

오웬이 앉아 일어나 있는 그를 본 것 같았으나 손님들
을 접대하느라 다가오지 못하고 있었고, 알버트는 목덜
미가 아파 와서 손으로 목을 더듬어 보았다.

거울을 보지 않아서 모르지만, 목에 가느다란 상처가
생긴 것 같았다. 아마도 어제 블루홀에서 미끄러져 떨어
질 때 난 상처일 것이었다. 왠지 모르게 시원하지 않은
바람을 맞으면서 그는 생각했다.

결국에는 제나는 고사하고 딜런과 앨리의 사체를 발
견했음에도 불구하고 그 역겨운 구멍에서 데려오지 못

한 것이었다. 화가 치밀어 올랐지만, 주먹을 쥘 힘도 남
아 있지 않았다.

"하루 정도는 아무것도 하지 말고 쉬는 게 좋을 거예
요."

"감사해요. 그냥 갈 수도 있었을 텐데… 정말…."

"저도 몇 년 전에 여기에 왔다가 정착했어요. 가족여
행을 왔었어요… 그런데 깊이 잠수를 하지도 않는 다이
빙이었는데도… 잠깐 한눈 파는 사이에 남동생이 없어진
거예요. 조류에 저 멀리까지 쓸려갔는지, 아니면 블루홀
의 깊은 곳으로 들어갔다가 나올 수 없는 조류에 휩쓸려
갔는지는 모르겠지만, 아무데서도 찾지 못했어요. 안 오
려고 했는데… 자꾸만 여길 오게 되더라구요… 그러다가
가게에서 일하면 물에 자주 들어가니까… 사체라도 찾
자는 생각에 여기에 왔어요."

"…안 좋은 일을 겪었네요."

"이제는 잘 기억도 안 나요… 시간이 갈수록 생생하던
기억이 영화에서 본 것 같이 변하고… 그리고 어디선가

스쳐간 것 같은 기억으로 변하고… 나중에는 사진을 보지 않으면 기억도 나지 않게 변해요… 떠올리면 슬프잖아요… 그래서 계속 외면하다보니 없는 사람처럼 된 것 같아서….”

오웬은 카운터 밑의 서랍에서 관광객에게 줄 웨이트를 꺼내며 잠시 입을 닫았다.

그녀는 그때를 잊었다고 말했지만 기억을 더듬어 보려고 하면 감정이 북받쳐 오르는 것 같았다.

“저희 가게가 깊이 들어가서 시체를 찾고 그런 것 해주지는 않거든요. 근데… 제가 제이든에게 부탁했어요. 몇 번만 들어가 주면 되지 않냐고… 부담 가지라고 하는 말은 아니에요. 그냥… 슬퍼 말고 돌아가세요. 한 번 죽을 뻔했으니까요.”

오웬은 그 말을 하고 돌아서서 가려고 했지만, 알버트는 그녀를 붙잡고 물었다.

“저기… 혹시 마지막에 블루홀에서 올라올 때 금발 다이버가 안으로 들어가는 것 못 봤어요?”

오웬은 웨이트를 들고 가면서 조용히 고개를 저었다.

그녀는 알버트가 아직도 제나를 포기하지 못했음을 알았고, 그는 몇 번이고 더 다이빙을 할 것임을 알았다.

알버트는 낡은 소파에서 일어나 루카스에게도 다합의 어둠으로 내려간 금발의 여자에 대해서 물었지만, 그도 아무런 말을 하지 않았다.

아마 잠수병과 좁은 시야가 겹쳐 만들어진 환각인 것 같았다. 그렇지만 다합으로 떨어지던 그녀의 모습은 너무나 제나와 닮아 있었고, 얼굴을 보지 못했지만, 왠지 모르게 그녀인 것 같다는 생각이 들었다.

그녀 때문에 호흡기가 벗겨졌을 때, 그냥 밑으로 빠져 그녀의 옆으로 갔으면 어땠을까 하는 생각이 들었다. 그의 머릿속에는 반복해서 그녀가 밑으로 들어가는 장면이 그려졌다.

알버트는 소파로 돌아와 종이를 꺼내 다시 보았던 그녀의 모습을 스케치하기 시작했다. 자신을 쳐다보지도 않던 그녀는 자신을 찾지 못해 화가 난 것일지도 모르겠다는 생각이 들었다.

갑자기 스케치를 하던 손이 저려왔지만, 알버트는 그

순간을 잊지 않기 위해 열심히 손을 움직여서 그녀를 그렸다.

바닷바람이 그가 그림을 그리는 것을 방해했지만, 그는 아랑곳하지 않고 자세를 바꾸어 소파에 대고 그림을 완성시켰다.

*

−3개월 후

알버트는 절벽에 붙어 있는 비석들을 바라보았다.

나무와 플라스틱으로 된 비석들은 절벽에 따개비처럼 다닥다닥 붙어 있었고, 그는 묘비 하나 앞에 멈추어 섰다.

제나 & 딜런 & 앨리

25   27   26

2019. 09. 03

  그는 제나의 모습을 그린 스케치와 함께 노란색 프리지어 꽃다발을 절벽의 돌 틈 사이에 끼웠다. 바닷바람은 그를 스쳐지나갔고, 바닷새들이 우는 소리가 들렸다. 그리고 이런 비극 너머로 관광객들은 즐거운 듯 바다에 들어가서 다합 블루홀의 위를 헤엄치며 즐기고 있었다.

  블루홀은 그런 관광객들을 삼키려는 듯이 입을 '쩌억' 벌리고 그들을 삼킬 기회를 엿보는 것 같았다.

  그는 블루홀에 그들을 찾으러 들어 간 후, 몇 번의 시도를 통해 손을 꼭 잡고 있는 앨리와 딜런의 사체를 찾는 데에 성공했다. 그렇지만, 끝내 제나의 시신은 찾을 수 없었다.

  그는 프리지어 꽃이 거친 바닷바람에 묘비가 붙어 있는 절벽 여기저기로 날리는 것을 보았다.

  절벽 위에는 '영원히 다이빙을 즐겨라(Enjoy your dive forever)'라는 저주 같은 글귀가 아직도 그 자리를 지키고 있었다.

이제 12월로 이집트도 바람이 불면 쌀쌀한 날씨였기 때문에 그는 제나와 여행을 갈 때 즐겨 입던 카키색 패딩을 입고 있었다.

알버트는 저 멀리 바다를 바라보았고, 블루홀은 여전히 입을 닫지 않고 있었다.

그는 떠나버린 이들의 묘비를 한참 동안 바라보다가 다시 천천히 다이빙 숍으로 걸음을 옮겼다.

죽음의 바다

이창준 지음

발 행 처 · 도서출판 청어
발 행 인 · 이영철
영   업 · 이동호
기   획 · 이용희
편   집 · 방세화
디 자 인 · 이해니 | 이수빈
제작이사 · 공병한
인   쇄 · 두리터

등   록 · 1999년 5월 3일
(제1999-00063호)

1판 1쇄 인쇄 · 2019년 5월 10일
1판 1쇄 발행 · 2019년 5월 20일

주소 · 서울특별시 서초구 남부순환로 364길 8-15 동일빌딩 2층
대표전화 · 02-586-0477
팩시밀리 · 0303-0942-0478

홈페이지 · www.chungeobook.com
E-mail · ppi20@hanmail.net
ISBN · 979-11-5860-648-0(03810)

이 도서의 국립중앙도서관 출판시도서목록(CIP)은 서지정보유통지원시스템 홈페이지
(http://seoji.nl.go.kr)와 국가자료공동목록시스템(http://www.nl.go.kr/kolisnet)에서 이용
하실 수 있습니다.(CIP제어번호: CIP2019017643)